U0649562

大地文心

第五届生态文学征文
优秀作品集

张辉／主编　王琳琳／副主编

中国环境出版集团·北京

图书在版编目（CIP）数据

大地文心：第五届生态文学征文优秀作品集 / 张辉
主编. -- 北京：中国环境出版集团，2023.8
    ISBN 978-7-5111-5573-3

Ⅰ. ①大… Ⅱ. ①张… Ⅲ. ①中国文学－当代文学－
作品综合集 Ⅳ. ①I217.1

中国版本图书馆CIP数据核字(2023)第141804号

出 版 人 武德凯
策划编辑 雷　杨
责任编辑 范云平
装帧设计 艺友品牌

出版发行 中国环境出版集团
　　　　　（100062 北京市东城区广渠门内大街16号）
　　　　　网　址：http://www.cesp.com.cn
　　　　　电子邮箱：bjgl@cesp.com.cn
　　　　　联系电话：010-67112765（编辑管理部）
　　　　　　　　　　010-67112739（第三分社）
　　　　　发行热线：010-67125803，010-67113405（传真）
印　　刷 北京鑫益晖印刷有限公司
经　　销 各地新华书店
版　　次 2023年8月第1版
印　　次 2023年8月第1次印刷
开　　本 880×1230 1/32
印　　张 9.125
字　　数 180千字
定　　价 86.00元

【版权所有。未经许可，请勿翻印、转载，违者必究。】
如有缺页、破损、倒装等印装质量问题，请寄回本集团更换。

中国环境出版集团郑重承诺：
中国环境出版集团合作的印刷单位、材料单位均具有中国环境标志产品认证。

奋力绘就人与自然和谐共生美好篇章

中国作家协会党组成员、书记处书记　施战军

　　习近平总书记指出："推动形成绿色发展方式和生活方式，是发展观的一场深刻革命。"新时代十年，以习近平同志为核心的党中央将生态文明建设作为关系中华民族永续发展的根本大计，作出一系列重大战略部署，开展了一系列根本性、开创性、长远性的工作，中国生态环境保护发生历史性、转折性、全局性变化，创造了举世瞩目的生态奇迹和绿色发展奇迹，美丽中国建设迈出重大步伐。

　　文学自诞生之日起，就与自然、生态环境有着密不可分的联系。从中国最早的诗歌总集《诗经》，到诸子百家、魏晋山水田园诗、唐诗宋词，再到明清士人的文理哲思，一直到现当代文学，无不充满着从自然世界吸纳的光华，蕴含着中华民族对生存环境的伦理思考和同生共荣的深刻认识。

　　当前，绿色成为新时代中国的鲜明底色，倡导人与自然和谐共生，不仅事关中华民族永续发展，也是新时代文学创作、出版和批评的重大课题。因此，我们所提倡的生态文学，

是在习近平生态文明思想和关于文艺工作重要论述的指引下，站在人与自然和谐共生的高度，反映新时代生态文明建设思想理念和绿色高质量发展成就的文学。它要胸怀"国之大者"，发挥文学的独特作用，充盈鲜活的时代话语，凸显现实的指向意义，承担传播生态文明理念的历史使命。

《大地文心——第五届生态文学征文优秀作品集》正是这样一部聚焦生态文明建设和绿色高质量发展的伟大实践，传递人与自然和谐共生理念的时代之作、匠心之作。在作品集中，广大作家和创作者积极回应时代呼唤，不断进行美的发现和美的创造，提升作品的精神能量、文化内涵和艺术价值，创作出众多扎根祖国大地、深入人民精神世界、引起广泛思想共鸣的优秀生态文学作品。

其中，沈念的《于此辽阔之地》和葛文荣的《荒野呼唤》分别聚焦我国两座地理位置独特、生物多样性丰富的山峰——长白山和祁连山，以细致入微的观察、饱满丰沛的情感、优美生动的文笔写出了打动自己，也打动读者的山川风貌、自然万物。

陈新的《锦城花满》，以敏锐独特的视角聚焦成都公园城市建设，通过立体形象的人物塑造、扎实深入的细节采访真实还原和再现了践行新发展理念给城市面貌和人民生活带来的美好改变。

蓝虹的《一株"野败"背后》，凭借深厚的专业功底和娴熟的讲故事的科普方法，向我们娓娓道来杂交水稻培育过程中一株野生雄性不育稻种的发现过程和巨大作用，让人印象深刻的同时，深深感受到生物基因多样性的威力。

此外，征文来稿中，还有很多鲜活生动的一线作品，比如反映生态环保人执法实践的《"重案"突击组》；展现新农人走绿色路、吃生态饭创业实践的《王剑的生态系统》；讲述一家人"舍小家为大家"，清运长江垃圾感人事迹的《一家人的"长江保卫战"》；体现少数民族生态文化传统和价值观念的《以树为神》……一篇篇主题突出、题材新颖、彰显鲜活时代气息的文学佳作，构筑起新时代生态文学新的风貌和景观。

本书还辑录了"大地文心"生态文学作家赴辽宁、云南采风的优秀作品。长期以来，生态环境部和中国作家协会连续多年共同举办生态文学论坛，开展"大地文心"主题征文，组织作家深入生态文明建设一线采访，见证记录各地坚定不移走生态优先、绿色发展道路的壮阔实践和非凡成就。许多作家欣然落笔，以饱满的创作热情、不竭的创作灵感，写出了一篇篇饱含生态文明理念、生动反映美丽中国建设的口碑之作。

此次辽宁、云南采风，得到了黄亚洲、刘兆林、许辉、李元胜、徐迅、黄风等 10 余位作家的支持和参与，他们创作出《大理畅想曲》《沙之歌——天辽地宁彰武沙》等一批文学性、思想性俱佳的现实之作，生动反映了辽宁、云南以习近平生态文明思想为指引，建设美丽中国，推进人与自然和谐共生的生动实践。

"人不负青山，青山定不负人。"党的二十大吹响了全面建设社会主义现代化国家、全面推进中华民族伟大复兴的奋进号角。

新时代新征程上，生态文学天辽地阔，风华正茂。

让我们携起手来，深入贯彻落实《关于促进新时代生态文学繁荣发展的指导意见》，推动新时代生态文学事业开辟新境界、焕发新气象，为加快建立健全以生态价值观为准则的生态文化体系，以美丽中国建设推进人与自然和谐共生的现代化，夯实思想基础，汇聚澎湃动能。

希望广大作家心系民族复兴伟业，深刻领会习近平新时代中国特色社会主义思想，深刻认识人民对美好生活的新期待，自觉将文学放在推进中国式现代化、全面建设社会主义现代化国家的大局中去思考，自觉做习近平生态文明思想的坚定信仰者、积极传播者、模范践行者。希望广大作家奋力书写人民在生态文明建设中的史诗性创造，善于从生态文明建设的丰硕成果中汲取灵感和养分，将人民群众建设美丽中国的生动场景、生态环保人的奋斗实践更加全面、立体、深刻地展现在世人面前，以手中之笔奋力绘就人与自然和谐共生的中国式现代化美好篇章，用无愧于时代的优秀作品为美丽中国和生态文明建设献上深情礼赞。希望广大作家坚持守正创新，继承发扬中国优秀传统文化中蕴含的生态智慧，胸怀创造经典的抱负、勇攀高峰的自信，弘扬生态文明主流价值观，关注新的、现代的人与自然关系，厚植尊重自然、顺应自然、保护自然的人文情怀，热忱描绘新时代生态文明建设波澜壮阔的伟大实践。

让我们以文学助力新时代生态文明建设，共同走向人与自然和谐共生的美好未来。

施战军

2023 年 7 月·北京

编写说明

2023 年六五环境日前夕，生态环境部和中国作家协会联合印发《关于促进新时代生态文学繁荣发展的指导意见》，这是我国生态文学领域第一个指导性文件，对于繁荣生态文学、弘扬生态文化、增强全社会生态文明意识具有重要的意义。

为进一步推动生态文学繁荣发展，生态环境部联合中国作家协会连续多年组织开展"大地文心"生态文学作品征文活动和作家采风活动。在生态环境部宣传教育司指导下，中国环境报社承办"大地文心"生态文学系列活动，希望以此为契机，推出一批践行习近平生态文明思想、反映生态环境保护实践和成效的优秀文学作品，在全社会传播生态文明思想，让人与自然和谐共生的理念更加深入人心。

"大地文心"第五届生态文学作品征文活动于 2022 年 6 月启动，2023 年 2 月截止，历时 8 个月，得到社会各界的大力支持和踊跃参与，佳作荟萃，题材广泛，体裁丰富。

一是应者云集，佳作频出。本届征文参与人数、规模进一步扩大，除了原本以生态写作见长的作家，传统文学名家也加入进来，来自生态环保系统的作家亦不断涌现。

二是题材广泛，彰显鲜活的时代气息。随着生态文明建设的深入推进，我国生态环境质量持续改善，征文的创作内容从原来的污染防治攻坚一线，扩展到生物多样性、气候变化等领域，再现了我国生态文明建设的伟大成就和人民群众因生态环境质量改善获得的获得感和幸福感。

三是体裁丰富。本届征文既有讴歌生态之美、描绘丰饶自然的隽永散文，也有深入基层一线、还原伟大实践的报告文学，还有表达生态之思、传递深刻道理的小说创作，一篇篇饱含生态文明理念的优美文章，不仅传递和展现了生态文学的独特魅力，而且共同构筑了当下生态文学的生动样貌。

本书还收录了"大地文心"生态文学采风辽宁行、云南行的优秀作品。来自全国各地的优秀作家，聚焦深入打好污染防治攻坚战的进展和成效，充分展示生态文明建设示范区、"绿水青山就是金山银山"实践创新基地的实践案例，书写辽宁、云南坚定不移走生态优先、绿色发展之路的生动故事。

全书以时间顺序汇编成册，共计 18 万余字。在征文活动及本书编写过程中，得到很多领导、作家和相关人员的指导与大力支持，在此一并表示衷心感谢。

本书主编张辉，副主编王琳琳，编写人员：陈妍凌、肖琪、董亚楠等。由于编者水平有限，难免有错误和不当之处，敬请广大读者批评指正。

本书编写组

2023 年 7 月

目　录

采风作品·辽宁篇（排名不分先后）

采风作品·云南篇 (排名不分先后)

征文作品

（排名不分先后）

于此辽阔之地

◆ 沈　念

上山前，一个地理纬度萦绕脑际。北纬 41 度，世界冰雪黄金纬度带，也是长白山纬度所在。

终年积雪，望之洁白，长白山因此得名。第一次抵达，我的目光所及是一片陌生之地，但又不完全陌生，曾经对北方的想象，地理学知识上的见闻，众口相传的风土、风物，早已让我对这里的山川、冰雪、物候心驰神往。

上山去往的是天池，中途换乘，考斯特上的人们分别散入越野四驱，伴随着低沉的轰鸣声出发。山路平坦向上，积雪堆拢两侧，看惯了漫山遍野的葳蕤绿意，长白山的空旷起伏，冰天雪地的粗砺，白茫茫一片辽阔，一下子就镇住了来自南方的我。

每一座山，都是地壳经历生命疼痛后的一条美丽的伤痕。长白山亦不例外。多少年前火山爆发，由火山锥体内积水而成的著名火口湖——天池，海拔 2189 米，高度并无可炫耀，但因为气温低，泼水成冰，因为水质好，清明透亮，这个高度就有了独特性。朋友反复提醒，山顶风大，寒冷难御，军大衣、厚羽绒服、暖宝贴、遮风帽、墨镜、手套、防滑鞋不可缺少，字语间已经让人提前在想象中经历了一场极地生存挑战。车窗不敢轻易打开，呼啸风响，声声紧急。没有体验就没有发言权，终于可以下车，我下意识裹紧身体，但寒意瞬间就占领了身上没有遮蔽严实的地方。

离天池不远处，有一间观气象的木房子，木门锁闭，沉默无言，站成了山顶的一处风景。木头是大圆木，一根根垒起，被巨大的铆钉锁定，宽阔的横断面上，裂纹模糊了年轮，但一定是山林里长寿的"土著"。转山那日，长白山礼遇来访者，以最好的天光款待我们。凡大山都是收藏家，藏风霜雨雪，藏日月星辰，藏鸟虫林草，也藏遥遥邈远，而我对长白山所知甚少，是眼前即景帮我建立起一个辽阔之地的切身印象。

冰雪

站在天池的风口，呵气成霜，寒意沁骨，仿佛一阵风，人就会冻成山顶的又一块石头。天南海北的年轻人围站天池，众声喧哗，却也闹不醒已冰冻的水面，清澈明亮的水不见了，变成了一块硕大无比的白玉，如此安静，又变作天空的一面镜子，世俗之物无法投影。

天池是"三江"源头，松花江、图们江、鸭绿江的水，都是沿着长白山的万千沟壑及千年河道绵延而去的。水带走了山的"气味""声息"和"心跳"，山的辽阔也因此扩展。

雪在半月前停了。在漫长的长白山冬季，山景即雪景。我探出身体，长久凝视天池的冰面，深厚沉郁的冰面之下，有一种坚实的黑。当地朋友说，夏季到来，融化后的雪水，掬在手心是白的，挤满河道顺流而下，看上去色泽却有黑的错觉。黑土黑，山脊黑，黑是黑土粮仓，也是黑土生金，未被白雪覆盖遮蔽之处，是深深浅浅的黑色。黑是碎黑，白是碎白。晴空万里，黑色的山岭是沉潜的、低埋的、隐忍的，白雪是发光的、透亮的、张扬的。黑白互生，黑与白成了长白山的双原色。

我摇转身体，上山者都在摇转身体，不断拍下山的影像。黑白相间的山体在镜头里有了连绵起伏，有了重峦叠嶂，也有了壁立千仞。大自然如同一位丹青妙手，用小斧劈皴、披麻皴、雨点皴等皴染笔法，在天地间的巨幅宣纸上勾画着世间万物。

冰雪是长白山的面孔。对长白山的向往也是对冰雪的向往。在龙门峰峡谷，我从雪地上捧起一掌窝雪，撒向空中，轻盈的雪花散如银屑。这种含水率极低的粉雪，结实饱满，让雪量大、雪期长的长白山成为滑雪者的最爱。在万达滑雪小镇，我看到一个八九岁的小女孩从高坡度的山顶往下滑，那份与年龄差异甚大的从容、淡定，尽显征服者的气度。在二合雪乡夜宿，山野静寂，黑土休眠，偶有雪团从枝间落地，偶有起夜者踩雪而行，声音细密而幽远。待晨起登高，才看清大雪覆盖的村庄，雪雾弥漫，家家户户已有袅袅炊烟。树枝是黑的，屋顶是白的；道路是黑的，原野是白的；木柴垛面是黑的，木柴垛顶是白的；屋檐是黑的，檐下冰柱是白的；山脊是黑的，山顶是白的。眼中所见万千，多么像黑白版画，黑是底色，也是外来的侵入者；白是艺术的创造，也是天地间的原生，杂乱之中各自恪守着天然的秩序。

冰雪是大地上凝视的目光。冰雪不冷，长白山不冷，我倒愿意呼吸室外冷的空气，使人精神焕发。冷是有颜色的。我在长白山看到的冷是白色，但又不是一种白，是千万种白。冰雪覆盖之处，生长从未停止，长出了银白、乳白、烟白、灰白、玉白、草白、米白、莹白，也长出了薄荷白、象牙白、月光白、羊毛白、粉红白、鱼肚白、浅紫白、牡蛎白、珍珠白……长白山的白，有着千语万言、千姿百态，也有着复杂的神情、粗犷的动作。像攀登者，我在雪地上踩出一串脚印，脚印延展着山的边际和高度。我好几次走进丛林雪地，看着白色光影恍惚，想象着漫长严冬过后夏季的到来：万物复苏，枫桦、胡桃楸、黄波罗、水曲柳、毛榛子、山梅花、刺五加，绿意蓬勃，草木言笑，也有野兔、马鹿和酢浆草、舞鹤草……它们都是长白山的色彩。

因为冰雪之白，长白山的呼吸有了既遥远又迫近的回响。大雪有多辽阔，白色有多辽阔，长白山就有多辽阔。

流水

　　流水是另一种白。在皑皑白雪的映照之下，一条五米宽的河流穿过一片巨大的原始红松母树林，如同白练飘然而至。

　　水是从狩猎场境内的碧泉湖溢流而出的。人工筑修的碧泉湖以水色碧绿得名，湖心有一亭阁，四面林丛白雪点缀，湖面雾气缭绕，一群墨绿色的野鸭子在水中游来游去。若从高处俯瞰，大有张岱笔下"雾凇沆砀，天与云与山与水，上下一白"的清幽之趣。碧泉湖因"两恒"而闻名，一是恒量，四季水盈不亏；二是恒温，常年水温为 6 ~ 8 摄氏度。又因水质清纯，碧泉湖水成为天然矿泉水的水源地。

　　湖东有溢水口，十余米宽、两米多高的落差，造出一道哗然有声的瀑布。流水自西往东，沿着青石河床，漫游出十数公里长的露水河。积露成河，好独特的名字。水长年不断流，就有了远近知名的露水河漂流。第一次冬季漂流，又是在东北的冰天雪地之上，真是未曾想象过的奇妙体验。

　　双人艇左摇右晃，顺着河水一路向前，水清见底，石头或铁青或墨黑。远处水上热气升腾，岸上枝杈和岸边裸石，雪衣覆盖，林间的雾凇冰挂，透亮晶莹，似乎多年前就在此等待远方来客。

　　河岸枝头的雾凇，有水晶之美，有雕塑感，好看得很。水流的恒温与零下几十度的严寒相遇，为雾凇出现提供了天然条件。满树银挂，静止不动，却仿佛有铃声传来。有时不忍淘气之心，想要摘取，又恨手中的木桨太短，伸向半空却仍有距离。冰枝冰叶，垂挂枝梢，纹丝不动。风是雾凇的天敌，没有风，雾凇的一生便是安静的一生。

水流经不同地段，有缓急，有动静，也有惬意。已无须木桨，任凭小艇顺流而下。急水处有旋涡，小艇转动，撞向岸边岩石上深深浅浅、晶莹剔透的浮冰，心中的怯意和愧对不时从嘴里惊呼出来。仿佛是为了回应，树枝上的雪花飘洒，在半空飞扬旋转，但等不到看它落地，水流已把我们推向了前方。水在此时成了奔赴者身后的命运之手。

露水河必将是流向远方的。漂流还在继续，水流的潺潺声、哗哗声，还有低沉的哼唱，让人感觉到了声响之外的安宁。这是奔赴至此的我们的内心期待。从喧闹的城市来到大自然偏爱的长白山腹地，得浮生半日闲的快意，已令人不知何处是归程了。对水的阅读，就是一种精神的巡游。

所有从长白山出发的水，有着并不相同的模样，地上地下，结了一张水系之网。那是一张让人眼花缭乱也心花怒放的水域图，松花江、辽河、鸭绿江、图们江、绥芬河……吉林省内流域面积 20 平方公里以上的大小河流有 1648 条，水把它们的名字刻在辽阔之地，也刻在流传的时间之中。我从满语之意为"果实"的舒兰市经过，这片长白山生态腹地有大小河流65 条，霍伦、拉林、细鳞、卡岔……一条再细小的河流都会有自己的名字，就像长辈给孩子取名，也是传递一种冀望。水从生金的黑土地上流过，水稻、大豆、小麦，流青溢翠。水是八百亿斤粮食年产量背后的丰收密码。水把这些奇奇怪怪却含义丰富的名字带到四面八方。朋友欢喜地谈论着长白山往西北区域的河湖连通，依托洮儿河、霍林河、嫩江和覆盖了盐碱地的水利工程，雨洪和过水最大限度地恢复着曾经退化的湖泊湿地，一度消失的草场浩渺和万鸟翔集又开始了回归。

积露之水，生生不息。水的命运暗藏着人的命运，顺利、波折、跌宕、回旋、平和……大地上的水流，无不将人类的目光与心灵延展至更远的地方。这是流水带给人的启示，也是人与自然和谐共生的生动投影。

岳桦

车内一片憩静，行至半山，突然就看到了那片树林。前往天池的山路盘旋，树林仿佛也和山路在一起盘旋。寒冷、降雪、强风，我很诧异在此等恶劣环境下竟还有树活着。那是要有多大的心劲，才敢傲霜斗雪地活下去啊。

我的目光追随着它们，白色带灰青的树干和褐色枝条参差万千，远看有些像弯曲、匍匐的高大灌木雕塑群，或者是一幅以点皴为笔法的山林画卷。同车的朋友是跑农业口的记者，向我科普这种树：大名岳桦，典型的寒带植物，落叶小乔木，只有在海拔一千米之上的长白山和大小兴安岭看得到。这种唯一性，让它成为山上植物中的另类。她翻出手机中的一张照片，那是从高空俯拍下的岳桦林，沿着沟谷向高山伸展，在秋季的第一场霜降之后，金黄色的枝叶在阳光的助力下，把山峦装饰得一片金光闪闪。长白山上分布着国内面积最大的岳桦林。高海拔的山体边缘，岳桦在四季站成了不同的风景。我闭上眼睛，却只是想象大雪漫天时刻，这种有意矮化躯体以减少暴风雪侵害的树，隐匿在厚厚的积雪之中，只露出坚硬的枝条。黑色的枝条被风吹响，声音响彻天空和山谷。它们孤独地站立，如同一群经历万千艰难的朝圣者，镇定沉着，无所畏惧。

我没想到朋友对长白山的植物如此熟悉。长白山 2639 种野生植物，其中有 36 种珍稀濒危物种，加上共计 3000 余种的动物和药用植物，让长白山的温带原始森林生态系统成了世界最具代表性的区域之一。保存的完整度和生长的良好性，是长白山的另一种辽阔吧。

我们是从北坡上山的，朋友说起到过的西坡，岳桦常与鱼鳞松伴生，我中有你，你中有我，于是有了松桦恋的传说。岳桦成林之地，多为长白山火山碎屑堆积之处，似乎是一种有意的选择，要同山的身心紧密贴近。风雪来临，金色叶子飘落在地，地表的草本植物多已枯萎，唯独林下的牛皮杜鹃叶绿枝挺。岳桦是有魔法的树，同林下的忍冬类灌木和草本植物、根系发达的杜鹃一起，把极易流失的水土紧紧地环抱在自己的脚下，大雨冲刷也分离不了它们的亲密。高山的守望者，也是水土保持的功臣。

生命在冰雪旷野中如何延续，常识理解中需要的阳光、气候、土壤，似乎都不属于这一片山林。林下长年湿润，透光适量，草本全覆盖，稳固地保持着水土，但减少了岳桦种子与土壤充分接触的机会。这个问题朋友也未能回答，倒是干过护林员的当地司机告诉我，岳桦是以树桩和自身腐体为场所来完成世代更替的。断枝落地，树干死去，发青发黑的断面在风雪冰冻中自愈，在腐烂中新生。待到来年春夏，又是新枝颤动，生机勃发。绝处逢生的聪慧，远远超出人们有限的想象。

长白山的夏秋季节是眨眼间离开的，漫长的冬季降临，岳桦林里没有了昆虫私语，飞鸟也已远去，啮齿类小动物得以在此安全度冬，石堆中偶尔传来东北鼠兔发出的鸣叫，在风声里变成了呜咽。大自然里时隐时现的声音，突然响亮地冒出来，却让人心生欢愉或忧嗟戚然。下山途中，我去看望了一片岳桦林，低海拔山区的岳桦，树干直立，侧枝繁茂，与高海拔岳桦的匍匐散乱大为不同。灰白色的树干上，树皮呈横条状裂开，据说它木质坚硬，密度大，能沉入水中。它的平均高度在 10 米左右，随着海拔增高和风力增大而矮曲。在漫长岁月里，它经历着高山的严寒、风雪，顽强存活于缺少营养元素的土壤和有机质含量少的山地。那种艰难中的开拔，死亡中的涅槃，言说不尽的命运之变，尽在长白山，生命的坚韧值得我们大声歌唱。

世间万物皆相连、相引、相缠……岳桦成林，白雪点点，恰好是对长白山的最好注脚——长厮守，到白头。遇见的每一位当地人都会说，任何季节来长白山，都会有令人怦然心动的风景。尚未离开的我，又有了何时能再次抵达这一纬度的心念。

沈　念　湖南岳阳人，著名作家，中国作家协会会员，中国人民大学文学硕士，现任湖南省作家协会副主席。著有中短篇小说集《灯火夜驰》《夜鸭停止呼叫》、散文集《大湖消息》《世间以深为海》《世间里的事物》等。历获"鲁迅文学奖""十月文学奖""华语青年作家奖""三毛散文奖""万松浦文学奖""湖南省文学艺术奖"等。

一株"野败"背后

　　袁隆平院士是世界著名的杂交水稻专家。他培育的杂交水稻，大幅提高了水稻产量，为我国及全世界粮食安全做出了巨大贡献。

　　而在杂交水稻培育过程中，起到关键作用的是一株"野败"，就是一种野生雄性不育稻种，是人类驯养的栽种水稻的野生近亲。

　　正是由于我国存在着水稻的野生近亲基因，才成就了袁隆平传奇的高产杂交水稻发明。袁隆平和"野败"的故事，说明了生物基因多样性的威力。

甘蔗还有野生亲戚？

　　什么是农作物的野生近亲？所谓野生近亲，就是在分类、栽培上与栽培农作物有亲缘关系的野生物种。当前，作为人类食物来源的驯化物种，在大自然中是存在同一物种的野生种群的。比如，花生和野生花生，虽然从物种来说，都是花生，但从生物基因多样性来说，二者是不同的，由此也产生了缤纷多彩、种类各异的花生种群。

而农作物的野生近亲，正是栽培作物新品种育种工作中基因的潜在来源。

比如，农作物都是由野生植物培育而来的，被农业采用、驯化。在丰富的野生种群中，只有一小部分适合种植和栽培，因此，与野生种群相比，农作物品种相对单一。特别是在现代农业体系中，一个好品种的种植面积巨大，对大量生产农产品是有利的，但在发生病虫害侵袭或环境变化时，可能使农作物缺乏抵御灾害的能力，导致大面积减产等灾难。

农作物的野生近亲，也就是野生亲缘种，没有农民的细心照料，经受了干旱、害虫和疾病的侵袭，其存活是大自然优胜劣汰的结果。所以，能存活下来的野生物种往往携带抗虫、抗旱等基因，可以通过杂交的方式来帮助现有农作物进化、优化，对农作物改良和增加农作物多样性极其重要，是农业育种的基因库。如果因气候变化导致这些野生亲缘种灭绝，将会危及农业发展和粮食安全。

我对野生亲缘种的第一次了解来自多年前我的一位朋友。她是农学博士，在一所非常著名的农业大学工作。有一次，我到她所在的城市出差，专门坐车去看她。在试验田找到她时，她正打着赤脚在甘蔗地里忙乎着，就给了我钥匙，让我先到她的宿舍休息喝茶等她。许久之后，好友仍未回来，无聊之下，我就在宿舍转悠，看见宿舍里放着一个盆子，里面栽着一株看起来鲜嫩肥美多汁的甘蔗。

她的学校离市区有两个小时的车程，我找到这儿，只喝了两杯茶，肚子很饿，宿舍里也没有其他可吃的东西，所以，见到这根诱人的甘蔗，我一下没把持住自己，把它砍了吃了。当朋友回到宿舍时，我正啃着这根鲜美甜润多汁的甘蔗，正想告诉她，这根甘蔗比市场上买的不知好吃多少倍。

但我还没来得及说，我的朋友竟然大哭起来。我立即又害怕又担心，手里战战兢兢地拿着甘蔗，不敢继续啃下去。然后，就听她哭诉，这根甘蔗是她花了两年时间才培育出来的优势杂交甘蔗。她花了整整一年时间，跑了好多山区野地，才找到甘蔗的野生亲戚，又花了很长时间，才杂交成功这棵甘蔗，现在，竟然被我吃了。

在她的哭声中，我第一次听说甘蔗还有野生亲戚。受此惊吓，我对甘蔗再也没有了兴趣，坚决不吃了。

杂交水稻的突破

杂交水稻之父袁隆平成功培育杂交水稻，其中起关键作用的就是在海南发现的一株雄性不育野生水稻，袁院士将其取名为"野败"，并利用"野败"的基因，培育了杂交水稻体系。

这株对全世界水稻杂交史都十分重要的"野败"，就是水稻的野生近亲，也就是水稻的野生亲缘种。

这株"野败"，通俗地说，就是稗子，外形和稻子极为相似，长在沼泽、低洼荒地。因为是稻子的野生近亲，适宜稻子生长的稻田也经常会有稗子的存在，但其产谷粒能力明显低于稻子，穗粒小又枯，所以，被称为"假禾"，也就是假稻子。

稻田里稗子多了，就会导致减产。所以，农民会把稻田里的稗子拔去，防止它和稻子争养分。败家子的"败"字，就是从稗子演变过来的。虽然也是儿子，但是是一个败坏家产的坏儿子、假儿子。

所以，相对于高傲的稻子，作为野生稻种的稗子，一直是一个卑微的存在。诗人余秀华的诗中就写道："如果给你寄一本书，我不会寄给你诗歌，我要给你一本关于植物、关于庄稼的。告诉你稻子和稗子的区别，告诉你一棵稗子提心吊胆的春天。"

但袁隆平的"野败"，向人们展示了卑微的稗子原来竟是稻子的祖先，在自然界物种的进化中发挥着它的天然优势。如果你还对稗子这种野生稻种漠视，或者感觉它是卑微和平平无奇的，那是因为你对野生亲缘种的威力一无所知。

1953 年 8 月，袁隆平从西南农学院以优异的成绩毕业后，被分配到湖南省黔阳县城安江镇的安江农校教书。安江农校在镇上4公里以外，地处偏远，有大片的稻田。袁隆平一待就是16年。

1960年，在学校的试验田里，他偶然间发现十几株比普通水稻高出20多厘米且大籽粒多的水稻，他细心地数着这株水稻上的稻粒数，发现竟然多达160粒，而且颗粒饱满。这一发现让袁隆平喜出望外，因为一株稻穗的稻粒数越多，意味着水稻亩产越高。他推算了一下，如果按照这个稻穗的颗粒数，亩产是可以超过千斤的，而当时即使高产的水稻亩产也不过500斤左右。

通过稻种的技术改良增加粮食亩产，一直是袁隆平的心愿和热望。这株突然发现的优质稻株带给了袁隆平无限希望。1961年，他把这株鹤立鸡群的稻株上结的稻子作为稻种播撒在试验田，希望寻找到这株稻子产量异常高的原因，以改良现有稻种。但事与愿违，由这株异常优质的稻种培育的秧苗，长高后参差不齐，抽穗时间也早晚不一，结穗能力大大差于其母稻，与一般水稻没有区别，甚至更差，试验并没有复制出这株鹤立鸡群的稻种非凡的产稻能力。

为什么会这样呢？袁隆平反复思考，猛然醒悟：从遗传学的分离规律来说，纯种水稻的第二代是不会产生这种严重退化现象的，只有杂交第二代才会因为分离现象导致这种退化。现在，这株稻株的第二代既然因为分离现象导致了退化，那就可以断定，它并不是自花授粉的，而是一株天然杂交稻。也就是说，是杂交，导致了这株品质不凡的稻株的高产。从此，袁隆平开始了其研发杂交水稻以进化现有稻种之路。

寻找"野败"之路

很多新闻都报道过袁隆平为了培育优质杂交水稻，花费几十年心血寻找雄性不育水稻植株的故事。只是，他为什么要寻找呢？

水稻是自交作物，通过自花授粉繁殖。要想杂交，就必须把雄蕊去掉。如果人工操作，工作量会很大，不可能用于大批量生产。

而水稻雄性不育系，是一种特殊类别的稻种，其自身花器中，雄性器官发育不完善，不能形成正常的花粉，但其雌性器官发育正常。因其雄性器官发育不完善，所以无法完成自花授粉繁殖，必须借助外来水稻花粉才能结出种子。水稻雄性不育系和水稻雄性不育系保持杂交，接受后者的花粉，得出的种子下代种植仍然是不育系。

寻找雄性不育单株，避免了自交，有利于利用杂交优势培育出优势水稻。

袁隆平每天头顶烈日，脚踩污泥，弯腰驼背地在稻田里寻找雄性不育稻株，整整花了 3 年时间，才在 1964 年找到了第一批的 6 株，并开始培育杂交水稻。但是，培育的杂交水稻虽然比普通水稻产量略高，可是远低于最早发现的那株鹤立鸡群的稻株。

为什么杂交也无法复制出那株与众不同的稻株的"辉煌"呢？袁隆平反复思考，觉得可能是地域的问题。于是，他奔赴全国各地适宜稻子栽种地区，培育杂交水稻。经过 4 年多的南征北战，终于培育出三系杂交水稻，但是，其产量还是远低于最初那株能结 160 多粒稻粒的稻株。杂交优势并不明显。

那株天赋异禀的稻株，说明了水稻的杂交优势是存在的。可是，为什么后面的人工杂交水稻始终无法复制辉煌呢？

已进入不惑之年的袁隆平茶饭不思地思考着，希望可以找到问题所在。他最后想到，问题可能出在培育所用的材料上。回想过去育种的雄性不育稻株都是在稻田里寻找的，都是栽培稻，和一般稻种的种性差异不大，亲缘关系很近，基因相似度太高，这样自然很难获得明显的杂交优势。

袁隆平回想起，那株天赋异禀的稻株，是在安阳农校试验田发现的。安阳地处雪峰地区，有一定的旱稻和野生稻资源。那株稻株，应该是某种野生稻与栽培稻串粉杂交的结果。所以，要培育真正的杂交水稻，就必须到真正的野生稻群中搜寻野生雄性不育稻株。

自然界中，野生稻种很少，袁隆平根据野生稻种的地理分布，安排其助手李必湖和尹华奇第一站先去海南岛寻找。海南岛的天然环境让这里的野生稻资源很丰富，当地人清楚各种野生稻的分布。李必湖和尹华奇找到海南当地人询问。第二天，一位熟知当地环境的技术员把李必湖带到了一块沼泽地里，那里长着一大片野生稻。当时正是野稻开花的季节，生殖性状极易识别，李必湖在沼泽地里不断搜寻，仔细观察，终于发现了一株特殊的野生稻。

这株野生稻长着3个形态各异的稻穗，雄性器官发育不正常，花药瘦小、干瘪，呈火箭状，色浅呈水渍状，不开裂散粉。李必湖仔细端详后，当场断定这是一株野生的雄性不育稻株。他和另一名技术员小心翼翼地把这株野生雄性不育稻株连根挖了出来，用衣服包裹着，带回试验田里栽好，并立即给还在北京的袁隆平发了电报。

袁隆平接到电报后非常高兴，立即连夜坐火车赶到海南。当他到达时，已经是第二天凌晨。他顾不上休息，马上就和李必湖去看那株野生雄性不育稻株。袁隆平采集了这株野生稻的3个小稻穗，把它们放在100倍显微镜下仔细观察，发现了大量不规则形状的碘败花粉粒。经过反复确认，他确定这就是一直在找的野生雄性不育稻株。袁隆平非常激动，当即为它起名为"野败"，就是野生的雄性败育种。

这株"野败"，使袁隆平找到了杂交水稻的突破口，给我国和世界杂交水稻科研停滞不前的状况带来了转机。从1970年初次发现"野败"到现在，他在这株"野败"身上培育出了无数成功的杂交水稻。1974年，袁隆平利用这株"野败"育成中国也是世界上第一个强优势杂交水稻"南优二号"，并在安江农校试验田试种，亩产量高达1256斤，是当时普通稻种的两倍多。

"野败"虽然只是野生的稻种,是卑微的稗子,但袁隆平通过让其与现有驯化稻种杂交,形成了优良性状互补的优势杂交品种,从而大大提高了水稻的产量。

而"野败",也借袁隆平之手,传递了基因,成为优势杂交稻的第一个母本。袁隆平在这个基础上又对其进行了完善提升,使杂交稻的亩产超过了1800斤,并在全球推广种植,完成了植物史上史诗级的稻种优化和扩张。

如今,袁隆平的"野败",还有"野败"分布在世界各地的子子孙孙,不但解决了我国自己的吃饭问题,也为世界粮食问题做出了巨大贡献。

气候变化等致基因多样性锐减

袁隆平利用野生雄性不育稻株培育出杂交水稻,其背后的根本是因为生物多样性中的基因多样性。

野生水稻和驯化的栽培水稻,虽然都同属水稻物种,但因为进化环境显著不同,基因差别很大,这就为优势杂交提供了基因基础。同时,高产优势杂交水稻和"野败"的关系,表明了生物基因多样性是培育农作物新品种的基因库,是基础和关键。

袁隆平在总结高产优势杂交水稻发明的经验时,高度赞誉了李必湖。袁隆平指出,李必湖发现"野败",是因为他有专业知识，有目标，有近十年的搜寻雄性不育稻株的经验。

但是，"野败"能够被发现还有一个非常重要的先决条件，那就是大自然的生物基因多样性没有被破坏，水稻的野生亲缘种——卑微的稗子，仍然存在于地球上。

现在，气候变化导致生物基因多样性锐减，威胁人类生存，很多栽种农作物的野生近亲受到影响，如稗子这种野生稻种，已经越来越少了。

如果人类任由这些野生亲缘种和驯化栽培作物，在气候变化的影响下加速灭绝，甚至人类通过大规模扩张、占用湿地等行为，加速其灭绝速度，以后我们还能发现更多"野败"吗？

国际农业研究磋商小组发布的一项研究报告指出：气候变暖正使土豆、花生等重要农作物的野生亲缘种面临灭绝危机，使农业育种的重要基因资源蒙受损失。而随后开展的对81种农作物的1076个野生近亲，也就是野生亲缘种进行的首次全球性调查发现，超过95%的野生种群正在受到气候变化的威胁，而且目前还没有在全球基因库中获得充分保护，包括香蕉、木薯、小麦、高粱等。这将严重威胁人类未来的食品安全，对人类可持续生存产生严重影响。

气候变化导致极端天气频发，病虫害等灾害增加，这些对现有农作物的生存造成严重威胁，通过与野生亲缘物种的杂交来进化出更具有气候变化适应性的新品种，对于我们实现粮食安全显得更为重要，也使我们对野生亲缘物种的依赖更多。

像"野败"一样的野生亲缘种，没有光鲜的外貌、硕果累累的风光出产、千亩万亩簇拥的壮观，但正是它们的存在，才保障了生态系统生物基因多样性的稳定，增强了人类防御未来风险的能力。

就像袁隆平的"野败"，这个野生亲缘种中的"王者"，改变了整个水稻世界。

蓝　虹　女，畲族，中国人民大学环境学院教授、博士生导师、联合国环境规划署可持续金融行动机构高级学术顾问，世界银行、亚洲开发银行绿色金融专家，被评为"2015 年度中国人文社科最具影响力青年学者"。中国散文学会会员，中国金融作家协会理事，出版有"绿色金融理论体系与创新实践"系列专著，以及散文集《山有木兮木有枝》等。

荒野呼唤

◆ 葛文荣

翻过位于祁连山深处的萨拉山不久，在公路一侧的山坡灌丛中，我发现了5头公马鹿，我立即停车，拎起相机上山。这时，它们也发现了我，就在它们抬头看我的那一刻，我抓住了那一瞬间，拍摄了一张野性十足的照片。

细看，觉得它们头上极具雄性气概的角非常美，那是一种久违了的野性美。这个角是属于它们的雄性特征，以此来赢得族群的尊重和雌性的青睐。同时，这也是它们捍卫自己的武器，角像分开的掌型，末端的分叉像一把把锋利的匕首，让对手和企图靠近它们的人类望而生畏。也许千万年前的马鹿不是这个样子的，以达尔文的进化理论，促进它们进化的驱动力无非是两个因素。一个是自然选择，也就是自然环境、生存需要等方面的因素。另一个就是配偶选择，或者说是审美选择，也就是雌性马鹿的审美决定了它们进化的方向，或者是产生了进化动力。

一

如此看来，长得高大、雄壮、角长而分出好看的叉，是马鹿族群里美的标准。正是有了这样的审美标准，一代一代的马鹿向这个方向进化。到今天，进化出了接近马的身躯，粗壮的脖子，优美的身体线条，成了鹿科动物中最大的成员。

关键是它们的角看似庞大、沉重，但是身体和角之间达到了最佳、最优美的比例，是典型的几何之美。这样的美对我们这些生活在处处充斥着非自然物的城市中的人来说，确实充满了亲和力和吸引力。这样强壮健美的身体，在这样野生自然的环境里，显得那样自由舒张和灵动。这里蕴含着一种比例的奥秘、审美的尺度，任何部位一点不多，一点不少。除非在打斗中或者被掠食者伤害，它们的身体一直完美着，即使是到了生命衰老、形销魄散的时候，其形体都很难发生大的变化。马鹿的形体之美，美在野生动物身上内在的自由和野性之美。

我认为恰到好处就是美。大自然也给了我们人类这种身体的曼妙，而且比马鹿更有优势的是，人具有身体之美的个体差异，不同民族之间、不同地域之间的人类形体或有不同的美。放眼街头帅哥靓女，有不同的美丽可赏。可是遗憾的是，人类的身体会变，衰老、生病、肥胖等因素会让人的身体陷入丑陋、残缺、衰退中，到最后不忍直视，而大多野生动物一般会将自己的这种形体美保持到死去。

二

我在用600毫米长焦镜头观察、拍摄它们的时候，被这种属于自然和野性的美征服了，不由得跟着它们爬上了半山坡。但它们始终和我保持着一定的距离，我往前几步，它们也向前几步，然后停下来，关注着我的动静。

可我是贪婪的，我想在更近的距离内拍摄和观察它们，甚至妄想在很近的距离内跟它们互动。我看到，我和马鹿同一个方向是一道山梁，便计上心头，计划从山梁那边的山谷绕过去，顺着它们看不到的山谷出现在它们的前面或者上方。

在使用计谋方面，人类有着绝对的优越性。我为我的计划而兴奋，紧接着下撤几米，直到灌木挡住我，它们看不到我的时候，我开始压低身子，快步向山谷绕过去。可是，我穿行的这片灌木是一片锦鸡儿，里面长满了细长坚硬的刺，我的腿马上被刺破了好几处，火辣辣地疼。我快速地移动着，只是肺慢慢地有点承受不住了，这里的海拔快接近4000米了，氧气稀薄，肺部的负担很重。我不得不停下来几次，用大口喘气来缓解肺部的压力，这时，我的心跳得就像被重重敲响的鼓。好不容易到达了预想的山梁，我放慢脚步，降低身体高度，来不及让自己的喘气均匀一些，就像一个偷猎者一样悄然接近马鹿。

当马鹿之前所在的地方出现在我面前的时候，我惊愕了——马鹿不见了！

我站起身，挠着头不知所措。按说，马鹿往前走，肯定会与我碰面。往后走，是一片一览无遗的开阔山坡，全在我的视野里。可它们就是不翼而飞了！我四处探看，就是看不到它们的影子。奇怪，它们是怎么消失的？

我只好将相机放在草地上，躺在地上，沮丧地大口喘着气，肺部缺氧的不适感慢慢在消失。也许，马鹿的美还是保持在照片里才是最好的。

随后，我坐在山头环视四周，开始欣赏风景。突然，我不由得笑了，马鹿居然在我身后远处的另外一个山梁上望着我。它们是怎么过去的？难道一开始就识破了我的阴谋，在我绕过山梁兴奋地实施"迂回战术"的时候，它们已经在包围圈外了。"愚蠢的人类"——我仿佛看到了它们的嘲讽。

我望尘莫及地眺望着它们。大概因为与我保持了一个友好的距离，马鹿们慢慢向远处踱去。

远处山峦连绵，无限旷远。往远处看，发现山峦变成了一层层的水墨画，越远越淡，越淡越朦胧。有山水画的写意之美，也有天地的禅宗之意，仿佛爱默生的话："在荒野之中，我发现了某种比在街道或村庄里看到的与我们更亲密无间、同根同源的东西。在宁静的风景中，尤其是在遥远的地平线上，人们观察到了大致像他的本性一样美的东西。"

我突然有一种冲动，跟着它们就这样在荒野中走下去，进入远离人类社会的荒野深处，看看那里是什么样子。

但在马鹿的眼里，我是一个并不光彩也并不受欢迎的跟踪者。恐怕对于前面的这片荒野，我也是一个冒冒失失的入侵者、带着浓浓城市味道的闯入者，也许可能会受到很多未知的抵抗。

我站在山顶，吹着风，怅然地深思着。

我一直企图接近野生动物，一窥它们的世界，可是，为什么我见到的所有野生动物都在十分恐惧地与我保持着距离？我很羡慕那些藏区的原住民与野生动物和谐相处的场景。他们努力、谨慎地与野生动物保持着友好的关系，取得了野生动物的信任，相互间有近距离的接触。而我也很期待与它们近距离地交流，迫切地想了解它们的世界。

三

想想人类在 200 多万年前起源的时候，地球上到处都是大型野生动物和猛兽，而人类相对瘦弱矮小。

再后来，人类仿佛偷窃了造物主的锦囊，学会了使用计谋，从此突然跃升到了食物链的顶端。

于是，人类聚集在一起，利用一些工具和策略捕猎，那些比自己大好几倍甚至几十倍的大型动物，纷纷倒在人类的计谋下。

久而久之，这种惧怕人类的行为被写入了所有野生动物的基因中，也被野生动物一代代传承了下来。

以至到了今天，躲避人类成了所有野生动物的本能和祖先记忆。当然，刚刚出生的动物幼崽见到人类后，会往人类温暖的怀里拱，这样做是要被其父母惩戒的。发现幼崽身上有被人类动过的气味后，动物就会马上弃窝搬家，甚至有的动物会把被人类动过的幼崽遗弃。

欧美的一些自然文学家和科学家认为，人类和动物是有亲缘关系的。我在基层进行科普宣讲的时候，很多人都感觉不可思议，人和动物怎么可能有亲缘关系？人类明明是高级动物！

只是，5000万年前，乃至5亿年前呢？

地球形成已经有46亿年了。

从没有生命、没有氧气，到出现最初的生命胚胎，地球上的生物遵循着从低级到高级的演化规律，无脊椎动物演化为脊椎动物，脊椎动物演化成更高级的种群，从鱼类、两栖类、爬行类、哺乳类到人类。

从某种程度上说，人类与动物、植物都起源于一个最初的点，都存在亲缘关系。只是，凭借认知上的飞跃以及身体机能的提升，人类很快进化到了地球霸主的地位。动物和人类也由亲缘关系逐步走向了紧张甚至敌对。

尽管人类如今逐渐有了保护大自然、保护野生动物的意识，但是，想要修复和缓解与野生动物的关系，谈何容易？更何况，在越来越多的人加入保护野生动物队伍的时候，也有为数不少的人还在觊觎野生动物，偷食野味，以穿戴野生动物的皮毛为傲。人和动物想要恢复亲缘关系是一个漫长的过程。

四

　　著名生态摄影师鲍永清总是在很近的距离观察和拍摄野生动物，而且野生动物对他也毫无敌意，眼神里没有警惕和防备。他有些作品的拍摄距离近到让人意想不到，比如在 8 米的距离内拍摄雪豹。

　　问他，他戏言道："动物认识我！"尽管是玩笑，但道理却对。在穿着不变、不惊扰野生动物的前提下，反复出现的鲍永清，被动物们"确认过眼神"，确定没有敌意和伤害企图后，也就允许他待在它们的领地里，甚至有些动物无视他的存在，从他身边大摇大摆地经过。有一次，一只红耳鼠兔还爬到了他身上。甚至有一窝藏狐，每次他一出现，都显得兴高采烈，就像家里来了亲戚一样。

　　同样地，著名纪录片创作人张景元由于长时间跟踪拍摄黑颈鹤一家，得到了这一家的认可，多次出现意想不到的场景。比如，小黑颈鹤腿受伤了，会来到他们的拍摄帐篷前，歪着头张望，期待得到救助；跟踪它们到西藏林芝拍摄时，这一家跑到他们的帐篷跟前，高兴地嘎嘎叫。

　　这些事实证明人类与动物亲缘关系的存在。其实，人类与动物从潜意识里就有一种亲近感。只是，蒙蔽这层亲缘关系的紧张形势存在久了，让人都忘记了曾经的那份亲近。

从这些年我从事的工作来看，人们见到野生动物时是兴奋的，有一种久违的激动和亲近感，当然，也不乏一看到野生动物就有狩猎冲动的人。令人欣慰的是，在青藏高原，敬畏野生动物的原始思想依然还在流行。所以，我明白，想要得到野生动物的认可也不是不可能，只不过需要花时间和精力慢慢去等待，需要放下居高临下的姿态，需要舍弃人类多少年来形成的某种优越感。

事实也的确如此。在进化过程中，动植物进化出了很多优于人类的能力，像犬科动物几十倍高于人类的嗅觉，猫科动物几十倍高于人类的听觉，还有昆虫能看到人类看不到的光线和色彩等。当人类没有了现代手段和科技，与野生动物一起在自然中求生存时，没有任何优越、资本和骄傲可谈。

人类需要站在动植物的角度去理解它们，不断探知动植物世界的深度与广度。

我之所以这样说，是因为人类是地球生态系统中的核心物种，地球生态系统健不健康、稳不稳定，取决于我们人类。我们得对生态系统里的其他同伴给予关照，而不应深陷人类中心主义观念中，对其他一切漠不关心。

只有真正了解了它们的世界，我们才能对正在艰难生活或者处在濒危边缘的一些物种给予有效的援手。当然，我们必须时刻保持清醒和警觉的是，我们做这些并不是优越的、高它们一等的。

　　了解了它们的世界，再借由它们的视角反观人类，发现人类世界存在的各种问题，规避不必要的弯路，找到人类发展中遇到的危机的答案，这何尝不是以高等动物自居的人类的生存智慧？

　　那天下午，我一个人在萨拉山山顶待了很久，将自己置身于荒野，不拍照，也不观察，就静静地思考，思考那些动物与人类的事情。

葛文荣　笔名平人。青海省祁连山自然保护协会会长、青海省作家协会副秘书长。著有生态纪实文学作品《守望三江源》《湟鱼》《探秘柴达木盆地》等，曾获"青海省'五个一'工程奖"。参与中国作家玉树抗震救灾采访团，合著有《玉树大营救》。生态文学作品获国家林业和草原局组织的征文大赛三等奖。

锦城花满

◆ 陈　新

1

每座城市都有公园。

只有城市中的公园特色殊异，才会如明珠灼灼，令人心生向往。

"我与成都结缘很偶然，但又很必然。"玛丽亚·弗兰西斯卡·格拉西（Maria Francesca Grassi）说这话时，语调深情，充满着对往事的浪漫回味。

这是成都八月的一天午后，大地被骄阳炙烤，无风且闷热。我与她对坐于武侯区一家咖啡店里，舒缓的班德瑞山林音乐和空调吹出的凉风，将炎热和喧阗隔离在外。

玛丽亚五官精致，皮肤白皙，乌黑的头发秀逸，长长的睫毛下淡蓝色的眼睛，散发着宝石般的魅力……让我联想到意大利电影明星莫妮卡·贝鲁奇。

"你所说的偶然是什么？必然又是什么？"

　　玛丽亚是一位意大利美女。2017 年 8 月，她在威尼斯旅游时，结识一位名叫谢宇航的成都游客，爱上了他，并追随着他来到成都。

　　玛丽亚说，她第一次踏上成都的土地是 2018 年 5 月 1 日，当时是晚上，所以对成都的真正感受是从第二天早上开始的。

　　春色浓郁的成都早晨，清新潮湿的空气里，有一种令人心扉全开的清芬在飘荡，这是栀子花的香味。这看似不经意的绽放，却温馨、脱俗，亦如爱情的醇厚。

　　透明橙金的阳光中，一种鲜嫩而翠绿的气息从大地表层冉冉升腾，那是季春的绿色植被在夜雨润泽之后，迎来热烈阳光，散发的蓬勃向上的朝气，湿漉漉，甜丝丝，清新得沁人心脾。

　　还有川菜美食的味道。人世间，唯有爱与美食不可辜负。这座城市对她来说，既有爱，也有美食，还有乐观、包容、善良、热情的人……应该是天下最完美的地方了。

　　2018 年 5 月 2 日，在栀子花香馥郁的清晨，谢宇航带她游览了成都的第一站——成都大熊猫繁育研究基地。这里，不仅是大熊猫研究中心，更是著名的公园。

　　玛丽亚注意到，大熊猫这种可爱的动物，不仅生存在公园里，还以各种文化符号、城市标记散落在成都的大街小巷。人与自然的关系是如此和谐，令她感动。

　　那之后，谢宇航又带她游玩了锦里、武侯祠、杜甫草堂等名胜古迹，使她充分感受到了成都悠久的历史文化，"忠、义、勇"的精神传承。

美国南加州的斯科特·施雷德（Scott Shrader）第一次到成都是 2009 年，他是《三国演义》的书迷。他游成都缘因三国故事，结果惊喜地发现，现代化的成都仍保留着三国时期的历史痕迹，浓郁的文化气息里流淌着中华民族忠义、智慧、勇武的精神。

没有一个朋友的陌生成都，让他有了一种家的感觉，这里的人们热情善良、食品美味多样、风景独特美丽……他情不自禁地待了两个星期。

关于成都的好，贺克斌比别人感受更深一些。

虽然工作和生活在北京，但身为成都人的贺克斌灵魂深处更喜欢成都。成都的云卷云舒花开花落、阴晴圆缺季节变化，都牵扯着他的情感。成都有他童年和青少年的美好时光，成都住着他的亲人……

贺克斌是中国工程院院士、大气污染控制理论与技术的权威专家、清华大学环境学院院长。教学之外，贺克斌还承担着国家大气重污染成因与治理攻关项目专题，从事着中国最难啃的"硬骨头"区域——京津冀及周边"2+26"城市的污染源识别、管控研究及环境治理。

匡晓明不是成都人，但结缘成都后，也深深地爱上了这座美丽的历史名城。

身为上海同济规划院城市设计研究院常务副院长的他，是中国城市规划界的高峰人物，在从事城市规划的 20 余年职业生涯中，他为全国百余座城市朝着美好方向的发展付出过心血、奉献过力量，还曾参与雄安新区和北京城市副中心的规划设计，多次获得国家及省部级荣誉。

小视角地讲述几个人物故事不是目的，目的是侧面展示公园城市的世界魅力。

成都是一座盆地城市，平均海拔 600 米，有海拔 5353 米的大雪塘，有海拔 5040 米的巴郎山，有海拔 2434 米的青城山……从空中往下看，它俨然一个巨大的天然盆景。

盆景的特点是什么？是风景秀逸，魅力四射，美不胜收。

2

心灵所向，必是爱之原乡。

玛丽亚因为深爱谢宇航，辞去了威尼斯的工作，来到成都生活。2019 年 5 月 23 日，他们携手走进了婚姻殿堂。

玛丽亚是一个闲不住的人，面对正在蝶变的成都，她不想成为普通的见证者、享受者，而想成为参与者。于是她时常与成都电视台合作，任出镜嘉宾，制作节目、视频，向世界宣传成都。因为太爱中国，她还根据自己意大利名字的发音，取了"梅梅"的中文名字。梅，探波傲雪，剪雪裁冰，一身傲骨，这多像中国人的气节，她很喜欢。

西班牙人莫拉雷斯·卢比奥·弗朗西斯科（Morales Rubio

Francisco），觉得自己与成都的缘分也是在冥冥之中注定的。在他很小的时候，就因看过《西游记》《三国演义》而对中国产生了好奇。而后他的所有奋斗，都是在为拥抱成都而进行着他并不知情的准备。

莫拉雷斯毕业于瓦伦西亚理工大学建筑设计专业，获建筑学硕士学位及西班牙A++级全专业资质证书，专业领域涵盖城市规划、建筑设计、施工、景观设计及室内设计，曾在瓦伦西亚理工大学任教，后来又和朋友合开公司，在阿尔科伊、卡斯特利翁等城市的一些建筑项目中展现自己的设计才华，并获得一些奖项。

莫拉雷斯情定成都，缘于在成都成就事业的两位西班牙旧同事的邀请。那是2011年4月，因离异郁郁寡欢的他，来成都旅游散心，结果被热情善良的成都人打动。再加上成都也跟故乡瓦伦西亚一样，是美食天堂，让他一下子爱上了这座城市，决定在成都工作和生活。

有意思的是，他到成都后不久，还结识了一位名叫朗金的美女，并与之喜结连理。

朗金是一位歌手，是"哈拉玛"歌唱组合成员之一，2005年还登上央视春晚舞台，并先后到美国、加拿大、日本、韩国、澳大利亚、法国等20多个国家和地区演出。

普通的自己，竟然娶了一位中国女明星为妻，他觉得自己非常幸运。

除此之外，莫拉雷斯还参与了成都城市美好图景的设计，成为公园城市顶层设计理念的践行者之一。

2018 年 2 月，习近平总书记到四川考察，在成都天府新区强调，"要突出公园城市特点，把生态价值考虑进去，努力打造新的增长极，建设内陆开放经济高地"。

这是春天的故事，有着春晖般的意义。

莫拉雷斯生活在成都的信念是，爱成都，就要为成都变得更美丽而努力。2019 年 10 月，他注册了自己的公司，并积极参与成都一些工程的招投标，顺利拿下了一些项目，并结合中国传统文化、现代科技、时尚生活，融汇公园城市、绿色城市元素进行设计。

身为天府新区城市规划专家顾问的他，在类似项目设计中也会提出自己的建议，为政府决策作参考。

世界著名土木专家贝聿铭曾言："对一座城市来说，最重要的不是建筑，而是规划。"最近几十年，我国经历了人类历史上规模最大、速度最快的城镇化进程，创造了城市发展的奇迹。然而，城市体量的逐渐扩大，也伴生出城市生态环境退化严重、生态产品供给不足、自然风貌特色趋弱、城乡差别明显、传统文化式微等问题。

关于"示"与"范"的问题，匡晓明认为，城市设计的特色，就是要将挂在墙上的平面图纸，变成美丽的大地图画，变成市民的幸福依托，变成发自肺腑的自豪，以及外地人心中的艳羡。

匡晓明的规划理念得到了成都市委、市政府的积极支持。

2017 年 8 月，他接过成都天府新区总规划师的聘书，为天府新区的规划翻开崭新的一页，在继承这座城市千百年来钟情生态栽花种树传统的基础之上，从之前沿道路发展的布局，转变成为"沿河""沿绿"发展，使河湖等原本是城市点缀的生态绿地，成为能承载产业、能转换生态价值的绿色底色，用全新的形态去创造美好未来，到达城市生活梦想的彼岸，重现"长似江南好风景，画船来去碧波中"的画卷。

同时，匡晓明也给出了建设五个"先行示范区"目标的方案：努力建设绿色优势凸显的可持续发展先行示范区；努力建设创新创造活跃的高质量发展先行示范区；努力建设内外双向融通的一体化协作先行示范区；努力建设系统集成的高水平改革开放先行示范区；努力建设彰显天府魅力的高品质生活先行示范区。

公园城市，并非单纯的公园，也并非单纯的城市，而是公园与城市完美的结合体。以中央商务区为例，成都中央商务区由 CBD（Central Business District）变成了 CBP（Central Business Park）：位于城市中心的 C 没变，B 没变，但是从 D（District，街区）变成了 P（Park，公园），生态指数也发生了巨变。

未来，公园城市将呈现合力共融、协同合作的组团格局；园城共生、蓝绿成网的生态骨架；公用共享、布局均衡的公共服务；文化共兴、具有独特印记的特色人文；智汇共创、开放创新的智慧体系。

　　2018 年 10 月，贺克斌接过成都市大气复合污染研究和防控院士（专家）工作站专家聘书后，为了还城市以蓝天，他给出蓝天保卫战的关键词是"差异化""精细化""动态化"。强化机动车严格的报废制度；加大在用机动车年检、季检中环境指标的监测和管理力度；保证机动车尾气达标率的实现；推广使用无铅汽油、液化气、天然气等少污染燃料，以及新能源动力；加强城市交通系统及城市管网系统建设；应用新技术加强城市环境监测，促进城市的可持续发展……

　　蓝天保卫战当然并非出台一份或几份文件那么简单，背后牵涉到产业转型、压减燃煤、控车减油、治污减排、清洁降尘等，这是一项庞大的系统工程。

　　蓝天是人类梦的港湾。当蓝天白云成为常态，生活，也便成了美丽幸福的样子。

　　多年前，贺克斌经历过这样一件事，他在去国外开会后返回成都乘坐机场摆渡车时，听见有人叹气："成都啥都好，就是这空气质量不怎么样……"

　　这句话很刺激身为大气污染控制理论与技术权威专家的贺克斌。但是，要治理成都雾霾并不容易。因为成都是盆地，常年处于静风、少风状况，尘霾扩散条件较差。

　　然而，贺克斌对自己说，再难也要啃下这块硬骨头。成为成都市大气复合污染研究和防控院士之后，他如候鸟般往返于京蓉之间，带领团队助力成都大气污染防控。有时，他一周要往返三次，成了"空中飞人"。

可喜的是，他的努力取得了显著的成效。

大气环境是否改善，除了相关的技术指标可以体现，老百姓的感受最直接。

又一次往返于京蓉之间的贺克斌，在飞机上听到了两位乘客的聊天——

"你是成都人？"

"是的。你呢？"

"我是北京人，到成都旅游。"

"你对成都的印象咋样？"

"成都很美，就是一座公园城市。而且这两年空气质量也变好了。"

"是啊，作为成都本地人，我对此感受很深，我这一个冬天都没戴口罩。"

说者无意，听者有心，为之付出了努力的贺克斌倍感欣慰。

成都的环境确实变好了。

成都，是世界上唯一一座能在市区观测到 7000 米级雪山的特大城市，良好的天气条件下，"窗含西岭千秋雪"的诗意就会重现。生活在成都的人对此美景早已见惯不惊，但外地人来成都目睹此奇丽景观，往往大为惊叹。

2020 年 8 月的一天，雨过天晴的成都展现出的雪山画卷，迷倒了《中国国家地理》杂志执行总编辑单之蔷，他特地发微博抒发心中的感叹：

今天成都展示了一个世界级的雪山城市的最佳形象；

今天成都的雪山群一举颠覆了成都"蜀犬吠日"的城市天气形象；

今天成都展示了无与伦比的天际线……

试问这样浩浩荡荡长达千里、最高点达 6000 多米的雪峰天际线全世界哪个城市有？

没有。

只有成都。

3

成都人的生活哲学，最显著的标志便是闲适、恬淡、安逸、洒脱、和善、包容、张驰有度……其实，这种生活哲学，是建立在成都人对美好生活高标准达到要求的基础之上的。独特的城市环境，自古至今都是"蓉漂"福地。

沿着时间的河流上行，我们能轻易地发现，古代的"蓉漂"族中，名贤咸集、青史留名者甚多，有问鼎王位的开明氏、杜宇；有中国历史上第一个兴办地方官学的文翁；有以超人智慧促天下三分的诸葛亮；有流寓草堂的杜甫……他们人生的辉煌，都是在成都实现的。

成都，还有多少"蓉漂"曾为它的美丽和名扬贡献过汗水与心血？

战国时期著名纵横家、外交家和谋略家张仪任蜀郡守时，修筑了新的成都城，城内分为大城和少城两个部分，"二城并列"的格局承续了2000多年。

秦昭王末年蜀郡太守李冰父子，在前人鳖灵开凿的基础上，组织修建了大型水利工程都江堰，2000多年来一直发挥着防洪灌溉的作用，使成都平原成为沃野千里的天府之国。

在成都城市发展史上，还有很多"蓉漂"为之留下过美丽诗文，李白、杜甫、王勃、杨炯、卢照邻、骆宾王、王维、崔颢、孟浩然、李商隐、陆游、柳永……

心胸开阔，天地朗清。乐观的人自带光环，包容的城市始终美丽。

自2018年获"建设天府新区杰出贡献奖"后，匡晓明便把自己看作成都的一分子，把天府新区的规划设计当成分内之事。他像候鸟一样在成都与上海之间起起落落。他因成都的美好而来，又为了让成都更美好，而奉献着自己的智慧。

梅梅嫁给中国人，并且到成都工作和生活，整天过得乐陶陶的样子，这让她远在意大利的亲人和朋友很不理解，他们觉得中国不好。

怎么不好呢？她明白这是受西方媒体误导的思维。在成为成都电视台的出镜嘉宾之后，她经常拍摄一些自己在成都生活的短片、访谈视频，或与成都有关的风光片。渐渐地，她成了中国与意大利文化交流的民间桥梁。

跟梅梅一样，不少外国人感受到成都的美酒、美食、美景，以及其他城市无法相比的生态环境、成都人的阳光心灵之后，便再不愿意离开成都了。

到成都工作、生活，并迎娶美人之后，满满的幸福感让西班牙人莫拉雷斯舒心惬意。当初，得知他要到中国工作，他的亲人朋友几乎都不理解：西班牙是一个令人羡慕的天堂国度，为啥要跑到中国去工作？

莫拉雷斯理解他们的不理解，因为他们没来过中国，没来过成都，没有比较和感受，怎么会知道中国有多好，成都有多好？

所以，工作之余，他会努力地向欧洲，尤其向西班牙宣传中国，宣传成都。

在成都，每条路都连接未来，每个梦都始于足下。

因为热爱成都，斯科特·施雷德也积极参与成都公园城市的景观设计，为成都的锦上添花奉献着自己的智慧。

斯科特·施雷德是一位世界著名的城市景观设计师，到中国后，他给自己取了一个马清南的中文名字。

令马清南引以为傲的是，他曾参与美国著名的哈德逊河公园和高线公园的设计。此外，他的作品还遍布纽约、香港、上海等一些国际化大都市。

到成都生活之后，2018 年，他通过项目投标的方式，参与了成都数十个与公园相关项目的设计。目前，总面积大约9.3 平方公里的南天府公园便是他正在参与设计的作品。成都花园城市的数千年传统，是他寻找设计灵感的天然素材库，成都独特的气候条件，是他设计特色的存在基础，时尚、生态、人居、未来，是他设计的重要考量。

……

美食、美景、美酒、美境、美人……成都，得天独厚，就这样成了人们的向往。而公园城市理念的首提，更使这一美学得到了极致的升华。

著名科学家钱学森曾论及未来城市的理想形态，认为城市不仅是宜居宜业的"山水城市"，还应是中外文化的有机结合、园林和森林的有机结合。

建设践行新发展理念的公园城市示范区首提以后，"公园城市"这一全新的城市建设理念，恰如星星之火，迅速从成都出发，向北京、上海、天津、重庆、广州、深圳、武汉、杭州等地燎原。

公园城市，如此美好的生活图景，这一定是神州大地，以及人类未来可期的城市福祉。

陈　新　中国作家协会会员，成都市作家协会副主席，国家重特大题材报告文学特聘作家，成都市文学院签约作家。

九江鱼馆记

◆ 冯　杰

鱼馆全称叫"江西长江鱼文化馆"，在瑞昌。

一进门，斜风细雨，马上闻到熟悉的气息，湿润、鲜活。在这里，我又看到了童年熟悉的捕鱼道具，渔网、鱼叉、鱼钩、鱼罩……如久别重逢，一一冒出来布置悬挂。譬如鱼叉，在黄河的分支上天然文岩渠里，我少年用于捉鱼，就叫鱼叉，没想到在这里叫小莲蓬叉、大莲蓬叉，果然江南精致；它们好像跨河而来，如今都沉睡在这座长江鱼文化馆。江和河的渔具都相通，莲蓬叉做的梦肯定也是腥的。

长江四大家鱼原种场场长雷明新热情地为我讲解，状态如鱼入江，讲得声情并茂，激情而专业，说起渔事一五一十，如数家珍。

他拿出一只长江蟹标本说，上届的长江蟹评比中，夺得头名的是九两五，这一只蟹九两六，可惜没有报名参加。

瑞昌鱼馆虽小，却有分量，竟是国家级的，馆藏长江鱼类标本近300个，我在这里看到了刀鱼、白鳍豚、中华鲟、胭脂鱼、江豚等，它们都是长江鱼类的"子民"。

从使用价值上说，瑞昌有长江流域四大家鱼最大的种质"基因库"，长江四大家鱼原种场都在这里。没来九江以前，我还不知道四大家鱼，初听到还误以为是"四大甲鱼"。

雷明新告诉我，青鱼、草鱼、鲢鱼、鳙鱼作为四大家鱼，是我国重要的经济鱼类，占全国淡水鱼类养殖总量的"半壁江山"。瑞昌长江四大家鱼原种场是江西省唯一的国家级四大家鱼原种场，承担着保护鱼类种质安全的重要职责。它每年要向全国20多个省份及东南亚国家调拨原种鱼苗，原种供应量占全国市场近一半。

数字太抽象化，我不知道"原种供应量占全国市场近一半"是啥概念。他说，就是在全中国餐桌上，近7亿人吃的四大家鱼，追根溯源在瑞昌。

在鱼馆里的展板上，我看到有个口号，特意记了下来，"世界四大家鱼看中国，中国四大家鱼看长江，长江四大家鱼看瑞昌"。这里，除了鱼文化，更透露出瑞昌人的自信。瑞昌拥有近20公里长江岸线，每年立夏之后，长江上游各种鱼类产下的浮性卵顺流至此，成熟出苗，极易捕捞，这里也被当地渔民称作"金不换"。难怪一路上，九江的鱼吃起来分外鲜美。

瑞昌人有1300多年的四大家鱼养殖史，我后来看瑞昌剪纸，里面就有许多鱼的图案。鱼和长江岸边的瑞昌人紧密相连，捕苗育种的历史可追溯至唐朝。我看鱼馆资料上说，唐代以前，我国主要养殖鲤鱼，因唐皇帝姓李，需要百姓避讳，渔民不能养殖鲤鱼了，逐渐开始养殖四大家鱼。古老的弶网捕苗几经演进，育种售卖的传统延续至今，捕苗育种形成本土特色产业，为中国渔业发展增添了丰富性。

雷明新解释，四大家鱼里的"四"是指种类。"大"是指体积，青鱼最大体重可达80公斤左右，相当于一名成年男子的体重，其他3种草鱼、鲢鱼、鳙鱼最重可达50公斤左右，相当于一名成年女子的体重。"家"指家养。据多年来渔人总结的经验，四种鱼栖息于水中不同水域，鲢鱼在上层，吃绿藻浮游植物；鳙鱼在中上层，吃原生动物、水蚤等浮游动物；草鱼在中下层，以水草为食；青鱼在最底层，吃螺蛳、蚌、蚬等软体动物。这四种鱼食性、栖息习性不同，很适合混合养殖在一个池塘里，能充分利用天然饲料和空间，使养殖效益最大化，最为合理科学。目前，这四大家鱼已成为中国传统性养殖鱼类。四大家鱼是目前中国淡水养殖的"当家鱼"。

雷场长说，别看四大家鱼种质"基因库"小，但很重要，一头连着自然资源，一头连着百姓的"菜篮子"。保护种质资源，是保护生物多样性，也是从根本上保护长江生态。那些年，受长江水体污染的影响，四大家鱼数量一度减少。好在有识之人意识到，鱼种质资源退化，将面临种质消失，野生中华鲟就难找了。这样，1981年才有了这个瑞昌四大家鱼"亲鱼站"，打造了一道最美"长江岸线"，才有了四大家鱼的鲜美。

我感兴趣的是，瑞昌这个长江鱼文化馆虽小，却不单单讲鱼，鱼外的元素，气氛、背景都有，那些墙上悬挂的蓑衣，在时间里搁浅的渔船，孤独站立不叫的鹭鸶，还有那些存过手温和风雨的船桨、长篙。

在中原，我生活在黄河两岸，前年买过我们北中原乡党李思忠先生花一辈子心血编就的《黄河鱼类志》，我问有《九江鱼类志》吗，雷明新说正在编。他说九江鱼类是长江鱼类的典型代表，九江有多少种鱼类，至今没有一个准确数据，好在目前已确认九江鱼类189种，其中发现新种1种、中国新记录种1种、长江水系新记录种2种、江西新记录种13种。瑞昌长江鱼文化馆的建立，也算是稍微对爱鱼人的一种安慰。

我从这里学到一些关于鱼的冷知识，譬如娃娃鱼、甲鱼、鳄鱼、鲸鱼、文昌鱼都不是鱼，泥鳅、海马名字虽不带鱼，却是真正的鱼。因为鱼要符合以下标准：终生生活在水里，用鳃呼吸、用鳍游泳的脊椎动物。

临走，我加上雷明新的微信，他很谦虚，说自己只是一个"养鱼中的追求有点文化的人"。我期待在遥远的中原黄河，还能听到长江鱼的破浪声。长江和黄河是相通的，一南一北，两条母亲河都同样流向大海。

冯　杰　河南省作家协会副主席，河南省文学院副院长。先后出版散文集《丈量黑夜的方式》《泥花散帖》《捻字为香》《田园书》《猪身上的一条公路》《马厩的午夜》《说食画》《九片之瓦》《独味志》《水墨菜单》《午夜异语》《北中原》《非尔雅》《唐轮台》等，书画集《野狐禅》《画句子》等及其他诗集多种。

松林是湖水的睫毛

◆ 蒋　蓝

　　在我行走 20 多年的记忆里，叫永安湖的湖或景区极多，而位于成都双流的永安湖却具有独特之处。老成都人知道它，一是因为那里是垂钓的好去处，2020 年清理淤泥时，有人抓了 4 条鱼就重达 200 多斤。二是因为那片湖区是距离成都最近的"天然氧吧"。现在的人动辄爱说空气中负离子浓度，而且一说就是每立方厘米数万个。而真实情况是，一些市区公园里负氧离子每立方厘米能达到 200 个以上就不错了。永安湖有多少呢？每立方厘米 1500 个，应该说不低。但它最吸引我的，却是那万棵大树构成的原始松林。在城市化高速推进 40 多年后，还能在大平原看到保存完好的这么一大片松林，本身就是奇迹。

　　有鉴于此，永安湖成功举办了 2020 CHINA OPEN 中国舟钓（路亚）公开赛晋级赛，永安湖成为中国第四个、成都第一个国际舟钓（路亚）基地。

　　在一张航拍的图片上，我发现 5.6 平方公里的永安湖，构造很像一个双臂挥动着奔跑的人影。这一形象，让喜欢跑步的我更对其生出几分好感。

永安湖原名龙王湖，以前水库蓄水量300多万立方米，维系着3000多亩良田。华丽转身的永安湖城市森林公园，如今位于44平方公里的天府国际生物城内，一期规划面积3090亩，水域面积319亩，2018年启动建设，现开发完成示范段805亩，已于2020年秋季开放，接待游客约30万人次。谁也没有想到，它能从一座水库变身为森林公园，从昔日单一的灌溉功能延伸到集假日旅游、绿道优跑、医药生物、疗愈胜地等功能于一身。

2022年初夏的一个早晨，我从成都出发，半小时后便到永安湖。由绿道穿过逶迤的由碧桃、海棠、紫荆、鸢尾花组成的长廊，看到5位诺贝尔奖获得者在此设立的纪念碑，碑上记录着他们团队入住天府国际生物城的步履。林涛起伏，松林举翠，高低错落的马尾松、火炬松把喧嚣挡在外面，烟波浩渺的带状水面微风徐来，使人心旷神怡。加上林间淡雾缭绕，远处矗立着的书院古色古香，湖水仿佛有一种力量让人柔化，恍如梦境一般。一大群松鼠在松林间跳跃，松林下指甲盖大的小虫正低飞着私语。游人并不多，几只蝴蝶在丛林间挽出无数个解不开的结，松鼠从树巢中伸出脑袋，闪电一般从树干俯冲而下……真是谢天谢地，我可以独自欣赏这一泓湖水。

湖边的生态景观大约有四五十米宽，花木扶疏，在水草植被的掩映下，一派小桥流水人家的静谧景象。看到一个工人正在打捞水面的落叶，我便与之聊了起来。

我向其表达了疑惑，这一带没有大河，湖水是从哪里来的呢?

清洁工姓王，他向生物城的大楼方向一指: "湖水是从生物城中收集的雨水而来……"

他说，通过雨污分离、沉淀及水生植物和微动物的净化手段，采用一种食藻虫控藻引导水体生态修复技术，并搭配经改良的四季常绿矮型苦草和其他改良型沉水植物，构建起"食藻虫—水下森林—水生动物—微生物群落"共生系统，通过虫控藻、鱼食虫等形成食物链，恢复沉水植被主导的水生态系统，打通影响水生植被修复的"瓶颈"——水体透明度，逐步恢复以沉水植被和底栖生物等为代表的水体生态系统，在实现水质净化的同时，把水体打造成"水清气净"的生态景观。

看来，改变的不只是永安湖这一名称，还是山、是水、是人、是环境、是科技，更是一种营造城市的文化精神。山清水秀，烟波浩渺，抬眼望去，绵延起伏的浅丘延伸至视线的尽头，好一幅绘不完的山水画。

我往松林、毛竹林走去，我喜欢阳光穿过林间洒下来的一地斑驳。寻常的花草置身于光柱之下，往往会焕发出绮丽的姿容，绒毛纤立，半透明，宛如拥有了一种可供回忆的坡道。

这一带的松树均是五六十年前的飞播长成。松林掩映水波，水波暗渡松林。也许是为了争夺阳光，这里的松树均挺拔而高挑。每一棵松树都诚实地站成自己，任清风抚慰，任阳光抹彩。

　　林荫深处，散漫的光影各自沉醉在深浅不一的梦境里。蜀天的云朵，在水面的倒影堆积如雪，这样的白光又为丛林点染出一层油画式的高光。

　　见到不少跑步爱好者，很快超过了我，在远处扑腾腾地惊起了一串水鸟。鸟儿把蒲苇的梦带往高处的丛林……水鸟欢鸣，白鹭翩飞。是的，梦境偶尔也会摇晃，但固守宁静的那份执念堪称绝美的景致。

　　一路的景观置石显然经过精心布设，石头匍匐在鸢尾花中，像个空降的黑客，然而苔藓又赋予了石头一种吸引力，让它们逐渐与周遭的环境融为一体。

　　这里的溪流并没有密集的叮咚潺湲，但松林与石头的梦幻却能应节而舞，它们在韵律里安然浸泡，沐浴着最本真的清流。

　　几公里长的湖滨，均没有采用石头、钢筋水泥来砌筑湖堤，而是保持了湖滨的天然构造，我以为这恰恰是最为理想的结果。因为自然形成的湖滨区域，是小鸟营巢最理想的空间，可以看到芦苇、蒲草、狐尾藻等挺水植物组成的群落，与水面的阳光和淡淡水雾彼此呼应，就像是沉默大军的哨兵……

　　因永安湖为成都提供的这一泓净水，它当选第二届成都"最美河湖"，可谓实至名归。生物城的后花园，双流版的"西双版纳热带雨林"，正悄然展开它丰沛的绚丽世界。

　　所谓野趣，体现在它的自然之美，依托于自然，通过一定程度的人工打造，在保留了湖区的自然分布和湖堤的基础上，呈现出真正的自然之美。

园区里有一尊铁黑色的雕塑，一个飞翔的人体横置半空，5只鸽子与之上下翱翔。雕塑名叫"筑梦与圆梦"，出自几位海外美术家之手。雕塑通过人、鸟与圆的造型，体现了自然与城市的相互融合，展示了人们在公园城市里筑梦的澎湃激情。

我来到永安湖的最高处四望，发现松林恰似湖水的睫毛，绿意弥漫，恍若美人凝眸……

蒋　蓝　　中国作家协会散文委员会委员，四川省作家协会副主席。

西山鹅声

◆ 王向明

一

太阳一点点落入西山，晚霞将湖水映得通红。每天这个时候，沐华忙完鹅场里的活儿，都要在太湖边上走走，望着不见边际的湖面，吹着清凉的晚风，有种站在海边的感觉。

"太湖三万六千顷，点点渔光波光粼。湖天一色浩淼间，泛舟一叶穿帆影。"这是人们对太湖的赞美。沐华小时候常听大人们唱："太湖美，美就美在太湖水。水上有白帆，水下有红菱；水边芦苇清，水底鱼虾肥。"作为在太湖边土生土长的姑娘，沐华对这里的一草一木都很熟悉，也很有感情，远处的山、眼前的水相映成趣，共同把自己的家乡绘就成一幅稳重兼具灵动的山水画卷。

俗话说，靠山吃山，靠水吃水。靠着我国第三大淡水湖，这里气候温和，雨水丰沛，河流纵横，水草丰盛。除了农业、渔业，太湖地区的劳动人民还有着养鹅的丰富经验。

　　沐华清楚地记得，那些体态并不高大、羽毛洁白的精灵，一直是她们家中重要的成员。从最初的三两只，到后来数百只、数千只逐渐发展壮大，形成规模化养殖，给家庭带来了可观的收入。但同时，养殖产生的污水也越来越多。

　　最初，没有人把这当回事，很多太湖居民天真地以为，对面积2400多平方公里的太湖来说，这点污水简直微不足道，不会产生本质上的影响。直到2007年太湖蓝藻事件暴发，生活在这里的人们才开始意识到人为污染对太湖水造成的严重伤害。

二

　　太湖地区生态环境整治，让沐华陷入了两难境地。

　　在她生活的这片土地，是太湖养育了一代又一代西山岛人民。太湖被污染，犹如自己的亲人生了一场大病。生病就需要医治，最直接的办法就是，鹅场养殖污水不能再直接流入太湖。在西山岛，沐华家里养殖的规模相对较大，受到的影响自然也大。

　　那些刚孵化出的小鹅，浑身金黄金黄的，"嘎嘎嘎"的声音如婴儿一般稚嫩。她抓起一只放在手中，这个小小的生命，一个月前还是一个鹅蛋，是她把它放进孵化器，加温、晾蛋、喷水软化蛋壳……在做这些的时候，她觉得自己也变成了一只鹅，贴心呵护着每一个即将出生的鹅宝宝。

鹅宝宝出生后，不能急于喂食，1小时后喂上一点水，打通食道清理肠胃后，才能喂一些雏鹅专用的食物。她最喜欢的还是20天后，小鹅金黄的羽毛褪去，雪一样洁白的羽毛出现，鹅的个头远没有长成，小小的，干干净净的，是她最喜欢的样子。

她喜欢看它们在一起奔跑，伴随着"嘎嘎嘎"的叫声，尤其是雨后，远处山顶上云雾缭绕，头顶上白云飘过，场院内水草清新，眼前白鹅成群，她站在鹅群中，微风声、呼吸声、鹅叫声，人与自然、动物和谐如画。

现在，她害怕看到这些场景。污水无处排放，她的鹅场又该何去何从？她深爱着太湖，她喝着太湖的水长大，她希望湖水能像小时候听到的歌谣里的样子。她也深爱着那些洁白的太湖鹅，它们一直陪伴着自己，从看着奶奶养，到学着妈妈养，到如今自己独立养，太湖鹅养殖，已经成了她生命的一部分。

左手是骨，右手是肉，哪一个残缺，都是致命的疼痛。

三

驻村第一书记把李小河引荐给沐华的时候，她并没有一丝高兴。鹅场说不定要黄了，现在来人又有什么用？书记说，我就知道你为养殖场的事发愁，我跟小李来，就是来解你的燃眉之急的。沐华不信——就凭你俩，能解决我这几千只鹅的污水排放问题？

书记说，咱们西山岛养殖场污水排放是共性问题，不单你一家存在，政府有这方面的考虑，我跟小李这次来，一是带来了政府的扶持政策，二是带来了专业技术。

李小河刚走出校门，书记这么一说，他反倒有点不好意思，只顾红着脸摸脑袋。嘴上不善于表达，但肚子里的学问可装着不少，李小河大学学的是畜牧业，毕业前阴差阳错到生态环境部门实习了一年。毕业后本来考进了西北老家的一家家禽研究所，刚好是苏州对口支援城市，这次人才交流，歪打正着到了西山岛。

李小河的老家干旱缺水，也正是这个原因，母亲给他起名小河，祈祷儿子长大了不再吃缺水的苦。没来西山岛之前，他只听说过太湖，面积只是一个数字，真正到了太湖边，他兴奋得冲着浩瀚的湖水扯着嗓子喊。他对沐华说，你们真幸福，守着这么一个湖，从来不用担心没水吃。沐华从没离开过江南，外面的世界她只是从书上或是电视上看到过，李小河的话，让她第一次意识到水的珍贵。

四

沐华承认，自己最初低估了李小河的水平。那个看起来有点呆头呆脑的家伙，谈起鹅的养殖头头是道。李小河站在晨光中大谈养殖场改造时的那种自信，让沐华有点心驰神往。他指着东边的位置，那边我们挖一个鱼塘；指着南边的空地，这边种一片果树；再一指中间的地方，这边种上黑麦草和水稗草。李小河挥斥方遒的样子，好似肚子里装满了文韬武略。

说完鹅的养殖，李小河转到污水处理上："咱们得上一套污水处理设备，实现养殖场内水的内循环，污水经过处理形成中水，用来灌溉果树花草以及鹅塘游泳用水，实现水的良性循环。"

沐华家里养了几十年太湖鹅，每天除了鹅，就是跟水打交道，"中水"这个词她还是第一次听说。李小河说，中水也叫再生水，虽然不能饮用，但可以用在绿化、洗车、清洗道路等对水质要求不是很高的地方，这样既高效利用了水资源，又解决了污水流入太湖、进入地下造成环境污染的问题，一举两得。

黑麦草长势旺盛，鹅群在沐华的驱赶下，浩浩荡荡冲进草丛，开始一顿饱餐的征战。鹅粪从圈中清出来，一部分喂食池塘中的鱼，一部分用来滋养被鹅吃过的草地和果树。在中水与鹅粪的滋养下，要不了几天，黑麦草又长成了当初的模样。

到了秋天，收获则变得更加实在，鹅到了出栏的时间，池塘里的鱼也长得肥美，养殖场里的树木瓜果满枝头炫耀着自己的功劳。对沐华来说，这是一个收获的季节。

也是在这样一个季节，李小河工作交流两年期满，要回西北老家了。官方为他们这一批过来交流的人举行了隆重的欢送仪式。李小河带着大红花，和第一次见到他的时候一样，害羞得满脸通红。沐华躲在台下的角落，看着台上他尴尬的样子就想笑。

笑着笑着，沐华哭了。这是欢送仪式。仪式结束，意味着他们就要告别了。

他坐在大巴上，她站在大巴下，她向他挥手，他跟她告别。一别是多久，他和她都不知道。

沐华回到鹅场，有种从未有过的孤独。她走进他住过的宿舍，墙上写着一句话：我会永远记得，太湖岸，西山岛，鹅声一片。

王向明　中国作家协会会员，江苏省作家协会签约作家，鲁迅文学院第23届中青年作家高研班学员。作品刊发于《人民日报》《长江文艺》《啄木鸟》等报刊。荣获"紫金山文学奖""冰心散文奖""扬州市'五个一工程'奖"。

真菌拯救世界

◆ 张烦烦

1

　　大多数蘑菇一只"脚"就能站得很稳。它们总是在一阵大雨后突然出现，零星或成群。

　　园子里大柳树下常年长着一种蘑菇，只要不是太干燥的天气，它们就会一蓬一蓬地长起来，然后在很短的时间内衰老、黑化，化成一摊黑水。过几天，黑水干掉，遇上潮湿的空气蘑菇又长起来。经常会有人将它们挖起来，舞弄一番后丢在一旁，或者干脆踩一脚，蘑菇们即使不满意也无法进行反抗。

　　后来知道，它们是晶粒小鬼伞，因为菌盖表面有一层晶粒状的菌幕残余而得名。

　　晶粒小鬼伞经常出现在老旧的墙根下，或者树桩旁等狗儿们爱撒尿的地方，所以又被称为"狗尿苔"。它们"年轻"的时候，是可以被食用的，但是少有人知道。因为它们又轻又小，不值得费时费力清洗了做来吃，而且在《毒蘑菇识别与中毒防治》中，晶粒小鬼伞、毛头鬼伞、墨汁鬼伞都被明确地标注为有毒，旁边印着它们黑化后滴着黑水的图片，以告诫野生菌食用爱好者们。

没有专业知识的野生菌食用爱好者们一向被真菌学专业人士瞧不起。在一个名叫"新雨后"的蘑菇群里，讨论野生菌可否食用的话题被严格禁止。但是，总有不了解状况的初级爱好者们一边发送菌子的图片，一边问大佬们能吃不。大佬们像没有看见一样，对这一问题完全忽略，只给出一个长长的拉丁文学名，谨慎地将菌子分类到某某目某某科某某属。

不是所有的真菌都叫蘑菇。实际上只有很少的一类真菌属于蘑菇属，可以食用的牛肝菌、鸡枞菌、红菇、羊肚菌、珊瑚菌、青头菌、松露分别属于真菌界不同的科目。人们凭着有限的、稀少的个人经验，主观臆断那些鲜艳的、长相奇特的、诱人的蘑菇是有毒的，相反，看上去朴素的、内敛的、寻常的被认为是无毒的，可以食用的。还有人以为蛞蝓可以吃的菌子，人类也一定可以吃。但是往往在坚信之下，有些人送了命。

轻微的胃肠道症状对野生菌食用者来说算不得什么，有些人将这归结为食用野生菌必须付出的代价。有人吃了野生菌后，眼前出现一群小人儿围成圈儿跳舞，还有美妙的音乐响起来。有的人因过于迷恋这种感觉，不忍它们在眼前消失，还硬挺着不肯去医院，甚至不肯上床睡觉，怕一睡着小人儿和天堂般的音乐就没有了。

　　有些野生菌吃了之后让人狂笑不止，还有的会让人的横纹肌溶解，红细胞破裂，肝脏和肾脏受到损害。但是人们不容易预见潜在的危险，或者宁愿忽略可能的风险，横下心来冒死去尝试那新鲜。有人强调剂量，说食用某个数值范围内的野生菌是安全的。

　　关于中毒的定义，人们的意见尚不能统一。在不同的区域，人们甚至给出了完全不同的意见。一部分人认为鹿花菌可能导致不育，而另一些人则认为鹿花菌烹调之后非常美味，给它标上三颗星。有些野生菌从前说是有毒的，但是后来可以被食用了。也有些野生菌重新被认定为有毒，比如油口蘑和蜜环菌。一些有毒的野生菌在煮熟后失去毒性，还有一些需要被晒干之后才能拿进厨房。被确定为不可食用，并不等同于有毒，可能只是因为它的性质尚不明确。即使是同样的标准，也不一定适用于每个人。

　　蘑菇有毒，并不是为了保护自己，纯粹是偶然，或者只是因为它们自己喜欢。

2

　　生长在汾河西岸的泥脚儿童们被告知，吃蘑菇不可以吃辣椒，吃蘑菇不可以喝酒。儿童们听后当箴言一样遵守，但后来发现，蘑菇和辣椒并没有不相容，所以大胆地吃了起来。长在坟头的顺滑的墨汁鬼伞，也大着胆子采了来。

在最初出发去采摘它们的时候，在泥泞的明亮的兴奋中，儿童们知道自己需要一只篮子来盛放它们，一只不太粗鲁的、宽敞一些的篮子。如果可以漂亮一些那再好不过。

汾河西岸的儿童们建立了自己的秘密基地，知道在某个时间和某段范围内必然会有某种菌子生出来，牢记并严守它们。挖出菌子之后，轻轻地将浮土和草叶复位，以便可爱的菌子们可以长期地、不断地生长。

有些牛肝菌长得"老谋深算"，它的菌盖下有几千个、几万个孔，可以产生数不清的孢子。有的菌子会有陈旧的气味，好像旧房子的气味，时间在里面沉默了很久，习惯、精神、气质也都传承了很久。

事实上，菌子的一生并不像你以为的那样短暂，相反它们可以存活很久。存在于地下的菌丝体甚至可以存活几千年、绵延几百公顷。你看到的迅速老化的蘑菇只是它们菌丝末端长出的子实体，相当于植物们结出的小果子。

菌子们既不同于可以光合作用的植物，也不同于可以自主运动的动物，它们是完全不同的另一种。

3

有预言说，我们迟早需要被真菌拯救。有人总结出了6种可能发生的方式，并通过演讲广而告之。

早有证据证明，数亿年以前，真菌的菌丝体产生某种酸和酶，使岩石出现凹痕，然后又抓住钙和其他矿物质形成草酸钙，进而使岩石粉碎，形成土壤。

植物的出现是后来才发生的事。相对于植物的自养，菌子们和所有的动物一样属于异养，它们通过腐生、共生、寄生3种方式来获取自身生长所需要的养分，在这一点上，它们的本质与动物更为接近。

真菌具有极强的侵略性，其菌丝以极其隐秘的手法和充满智慧的方式在有效的范围内迅速蔓延，其完美程度堪比人类最先进的网络。

孢子无处不在，它们随风、随植物，随着牛羊、水滴、蜜蜂和蛾子们，飘散到任何一个你能想象以及超乎你想象的地方。在不知情的状况下，你可能吃掉无数个正在产生中的孢子。通过电子显微镜，我们可以看到孢子像间歇泉一样暴发，其速度远远胜过最敏捷的豹。

有人利用菌丝做包装材料，聪明的菌丝们在绞碎的玉米秆里繁殖，腐生的真菌们向外分泌消化液，降解废弃的食材……正是有了这些过程，我们才不至于被垃圾包围，土壤也因此更加肥沃，生长更多植物。

如同人类长期致力于利用真菌，在和外界的关系上，真菌更具有主动性。比如，为了得到氮，牡蛎菌悄悄地从菌丝尾部伸出套锁，瞄准线虫，引诱线虫钻进去，然后猛地收紧，向线虫体内注入毒素，于是线虫毙命，牡蛎菌得到线虫体内它所需要的氮。

这点值得人类研究学习。多数情况下，处于困顿中的人们只有很少的机会可以采取主动，对某些事物施加一些必要的影响，暂时忘却更多时候的无力。

并非矛盾非有不可，只是有时过于强大，不得不费些功夫。人们都是受了驱使，有了热爱，才得以成就些什么。

张烦烦　山西太原人，散文爱好者，国家二级心理咨询师，著有摄影文集《主张》。

"重案"突击组

◆ 叱　狼

　　赵晓嵩下班晚了些，回到家，还没扒拉几口饭，手机便响了。听筒那头，市环境监测站马霖站长语速很快地说："吉鹊河出事啦，向阳桥水质自动监测站，19:00和19:30，氨氮浓度异常升高，分别超地表水Ⅲ类标准21倍、3倍，化学需氧量同样超标……"

　　赵晓嵩是苏州市生态环境综合行政执法局副局长，也是刚筹建的"重案"突击组组长。他心里猛地咯噔一下：这是严重污染啊，下游还关联着饮用水水源地。必须尽快排查来源，防范污染加剧或者再次发生。

　　事不宜迟，他当即告诉马站长："安排熟悉吉鹊河水系情况的监测骨干，马上到604会议室集合。"他丢下筷子，用手背抹抹嘴，拿了车钥匙，匆匆往楼下跑。同时，又在"重案"突击组微信群发了语音，简要说明情况，并要求大家立即往局里赶，越快越好……

（一）

20:40，604 会议室。铺开水系图，众人围拢上来，马站长指着向阳桥说："自动站在这儿，20 点钟数据也出来了，水质已恢复到平时的水平，沿着吉鹊河向上 4 公里，就是省际交界断面，也有自动监测站，刚才查了，水质没有明显波动，说明污染来源在省际交界断面和向阳桥之间。"

这片水系，赵晓嵩是比较熟悉的，吉鹊河往下 10 公里汇入鸣呦河，鸣呦河下游还有水源地。赵晓嵩盯着水系图，头皮有些发麻，问："吉鹊河当前流速多少？"

"流速不快，大约每小时两公里。"马站长回答。

"请派人马上出发，带上氨氮快速检测包，乘船追踪污染团，同时对污染团采样，送实验室连夜分析！"

赵晓嵩又嘱咐水环境执法科薛科长："立即联系水务局供水管理处，暂时关闭连通蓄水库的支浜闸门，等污染团过去了，再开启。"

这两件事安排妥当，"重案"突击组成员就如何排查污染来源七嘴八舌地分析起来。

"向阳桥上游有十多家涉水企业，要逐家排查，重点是涉氨氮排放的。"

"会不会有人倾倒高浓度氨氮废水？我觉得，沿岸不能放过，尤其是货车可以开到河边的地方。"

"吉鹊河是三级航道，会不会有船舶偷排污水或洗舱水？建议对接海事部门，对 19:00 前过往船只逐个排查。"

"这条河，支浜支流多，不少支流平时闸控着，会不会哪条支流水质差，开闸放水？"

马站长部署完任务，已回到会议室，他插话说："从自动监测情况看，仅有两个数据突高，污染团来得猛、去得快，应该是一股污染团。如果是支流开闸，那将是持续时间较长的污染过程。"

任何污染嫌疑都不能放过。21:15，他们分成多个应急排查组，分头行动，对沿河企业、河道沿岸、过往船只、沟汊支流等全方位摸排。

近 22:00，监测人员反馈信息：已经在吉鹊河上锁定污染团位置，距离鸣呦河 4 公里左右，已取样，送实验室了。

22:30，负责调查过往船只的小章从海事局监控中心打来电话："调取了吉鹊河上省际交界和向阳桥两个地方的视频资料，18:00—19:00，70 多条船通过这段水域。初步排查发现，一条货船有较大嫌疑，从省际交界开到向阳桥，船身吃水深度明显变小。视频里，光线有些暗，不过可以肯定，吃水起码相差半米！"

赵晓嵩心头忽地一阵欢喜："这条船现在到哪儿啦？"

"船上 GPS 信号不稳定，现在只知道已开往鸣呦河上游。"

赵晓嵩和马站长商定，让小章继续在海事局监控中心搜索船只位置，并协商海事局派快艇从水路紧追。同时，赵晓嵩带监测人员和执法人员驾车从陆路追上去。

寒秋夜色，薄雾朦胧，赵晓嵩乘坐的执法车铆足了劲儿，向前疾驰着。

23:10，小章又来电话，音调高亢："找到啦，这条船已驶入另一条河，它前方12公里处有座水上加油站，海事局已经通知附近中队拦截，你们现在导航去'明光水上加油站'。"

（二）

颠簸的车上，赵晓嵩和同事们正在研究登船后如何分工检查，支浜排查组发来信息："李队长掉到泥坑里啦！"

赵晓嵩顿时惊出一身冷汗，夜间行动，执法队员的人身安全始终是他最担心的。"赶紧救呀！人怎么样？"

"刚拉出来，下半身全是臭烘烘的烂泥。"

虚惊一场，赵晓嵩心里庆幸之余又有些火气："那还有啥好说的，赶紧想法子简单洗洗，安排车送回去，另外，打电话给办公室主任，请他马上协调其他执法队员替换。"

临近零时，执法车七拐八绕，总算驶入了灯光暗淡的加油站。果然看见有一条大型货船停泊在岸边，岸上，站着两名海事执法队员和一男一女。

赵晓嵩下车，主动和海事执法队员打招呼，同时了解到，一男一女是船老大和他的妻子。船老大胡子拉碴，穿着邋遢，脸颊的皱褶间尽是掩饰不住的慌张。

赵晓嵩打开执法记录仪，向船老大出示执法证，问道："师傅，船上运的什么呀？"

"啥也没运，空船，回老家保养。"

"那去的时候呢？"

"黄砂。"

"你返回时，一路都是空船吗？"赵晓嵩觉得，船老大虽长得憨头憨脑，但人并不老实。

"嗯，是的。"

"那为什么船身吃水深度有变化？希望你实事求是地说。"

船老大妻子一直伸着脖子听，这时突然来了情绪，大嗓门说："吃水深浅有变化，不是很正常吗？跨省的那座桥，桥身低，只能加压舱水，过了桥，再把压舱水放了，有啥问题？"她理直气壮。

赵晓嵩朝夫妻俩轻轻地笑了笑，心想："你们承认有水排放就好。"登船查看，舱底还残留了少量废水。找来挂梯，监测人员下到船舱，取样上来，用氨氮快速检测包化验，结果让赵晓嵩倍感诧异，试剂颜色基本没有变化，说明舱底水的氨氮浓度很低。重复化验两次，结论一致。

难道这条船不是罪魁祸首？进一步调查，他们在驾驶室找到了运输交货单，去程运送的果然是黄砂。

已是后半夜，秋风萧瑟，浓浓寒意驱散了困意，也让赵晓嵩身心感到莫名的凉意。

返回途中，各排查组仍在微信群不停地反馈排查情况，同时把问题和定位也发了上来。"我们又发现两家企业的生活污水管道排口，管子不算粗，现在没有排放。""发现一家塑料造粒作坊废气未处理，属于'散乱污'，晚上在偷偷生产。""向阳桥向南700米，东岸，有条支流氨氮偏高，快速检测，劣于Ⅴ类。"……

问题确实不少，但都不足以造成吉鹊河严重污染。污染元凶究竟在哪里？赵晓嵩挠挠头，感到苦恼。突然，群里跳出一条微信，又激起了他的兴奋点。

"我们在有福金属制品公司附近，看到厂区东南角围墙处有大量废水流出。"还有一段视频，水流蒸腾着热气，哗哗地流到河里。

有人当即回应：马上赶过去。赵晓嵩也毫不犹豫，立即前往。

然而，当赵晓嵩来到有福金属制品公司时，先期赶来检查的执法队员正悻悻地往外走。"看了，私设排放口，排放的是冷却水，不涉及氨氮指标。"

"不涉及？那也不能乱排呀！"赵晓嵩的语调里带着火药味。

"固定证据了，等天亮了，就交给执法大队查处。"

时间已是凌晨2:30，问题排查仍然没有头绪。赵晓嵩站在马路边，思来想去，他觉得全面出击、撒网式排查固然必要，但还是要突出重点，紧盯那些涉及氨氮排放的工业企业。他决定与企业排查组负责人薛科长会合，听听具体情况。

薛科长不知在哪儿沾了一团油污，胸口前黑黢黢的。他汇报说："调了第二次污染源普查数据，也问了镇环保办，这段河道沿岸涉及氨氮排放的企业有 6 家，两家夜里还在生产，3 家只有白天上班，一般 17:00 下班，还有 1 家已经停产 9 天了。都进厂查了，没发现可疑情况。"

"有没有直排企业？"

"没有，废水都接管到污水处理厂了，有 3 家雨污不分的，连同收集的雨水都进了预处理设施。"

"污水处理厂呢，去看了吗？"

"看啦，在线数据稳定达标，而且污水处理厂尾水去向不在吉鹊河水系，不会影响向阳桥自动监测站数据。"

"活见鬼啊，该想到的都想到了呀！"赵晓嵩自言自语。一时间，污染溯源似乎已走到了山穷水尽的地步。

（三）

生性倔强的赵晓嵩不甘心，他决心对 6 家涉及氨氮排放的沿岸企业再次逐家排查。

除了在厂区内检查，他还打着手电筒，翻过围墙，贴着临河的杂草地带，查看有没有偷排废水的蛛丝马迹。杂树与荆条横七竖八地交织在一起，地面高低起伏，每走一步都要费尽周折。

凌晨4:20，当赵晓嵩检查到第三家企业时，马站长在微信群发了一段消息，"实验室数据出来了，我们做了指纹分析。在获取三维荧光光谱数据后，经过数据处理和计算，利用典型行业企业污染源数据库，对水样的水质指纹进行相似度匹配，发现氨氮等常规指标和硫酸盐、三价铬等，与制革废水水纹特征高度相似，相似度达95%以上……而且从数据变化情况看，污染源距离向阳桥应该不会太远。"

"沿岸有制革企业吗？"赵晓嵩亢奋了，问身后的薛科长。

"有，就是停产的那家，利丰合成革有限公司。我们仔细查过啦，确实没有废水排放。"

"距离向阳桥多远？"

"大概1.5公里。"

"走，跟我再去。"赵晓嵩斩钉截铁地说。

抵达利丰合成革有限公司，敲了半天门，一位头发苍白的老师傅揉着眼睛出来。

"你们不是来过了嘛，咋又来哩。"老师傅操着浓重的外地口音说。

"不好意思，我们想再看看。"薛科长说。

"里面一个人都没有，看什么啊看，一宿都不让人安稳睡会儿！"老师傅的语调里明显带着怨气，"乱折腾！随便你们，看吧看吧！"

在临河的围墙里侧，是污水预处理设施。看得出来，这套设施好些时日不用了，污泥压滤机上都挂蜘蛛网了。赵晓嵩围着预处理设施转了几圈，没有发现任何端倪，又翻过墙头，跳到河岸边，用手电筒左照右照，还是没发现污水偷排的迹象。

赵晓嵩翻墙回到厂区，向下跳时，不小心踩到半截砖头，一个趔趄，右手撑地，手腕扭了，顿时一阵酸辣辣的疼。稍稍缓和，他边活动手腕，边暗自思忖：会不会指纹分析错了？不过从监测数据和污染指标看，不应该有错；再或者，这家企业会不会有地下暗管？似乎也不可能，如果暗管偷排，肯定不会偷排这一次，之前为啥没有捕捉到异常数据呢？

他继续在厂区里兜兜转转，同时要求执法队员分散排查，只要发现有水，就用快速检测包进行化验。工夫不大，就有人报告，初期雨水收集池里，残存在池底的水有问题。

赵晓嵩快步赶去，检测包里试剂的颜色已经从浅红变成紫黑色。雨水池氨氮浓度如此之高，太不正常了。

"老师傅，这里怎么会有高浓度污水？"赵晓嵩问。

老师傅用手电筒照了照收集池，皱起眉头说："前两天，我记得是干的，这两天也没下雨呀……"

听了老师傅这句话，赵晓嵩脑海倏地闪过一道亮光，追问道："这两天，厂里有人来过吗？"

"晚上交班时，老孙头跟我说，白天有一根水管破了，公司技术员来抢修过。"

　　立即联系技术员。天空泛起鱼肚白时，技术员总算来了。原来，昨天管道破裂溢出的废水，经雨水沟汇到了雨水收集池，技术员本想把这些水抽到污水预处理设施，可是错按了向外环境排放雨水的按钮，虽然察觉后立即纠正，但还是向吉鹊河排放了四五吨高浓度废水……

　　一夜鏖战，抽丝剥茧，总算查明了问题来源。

　　太阳徐徐升起来，金灿灿的阳光照在身上，温暖而恬适。赵晓嵩的手腕青肿着，还隐隐地胀痛，可他的心情舒坦又畅快！

叱　狼　本名王欣，供职于江苏省苏州市生态环境局，江苏省作家协会会员。散文集《雪是暖的》被选入"吉林省全民阅读活动民生读本"，《民工父亲的秘密》《像对待领导一样对待父亲》等16篇文章入选多地中考语文试卷阅读理解试题。

老根的野鸭滩

◆ 孟宪歧

　　永乐江在渡口乡渡口村拐了个小弯，留下一片沙滩和一个不大不小的水泊，而后南去。这片沙滩，就是野鸭滩，那片水泊，就是野鸭潭。

　　二者皆因野鸭而得名。

　　过去，永乐江水清清，野鸭子成群结队，在水里游，在沙滩玩，在旁边的芦苇丛里下蛋孵小鸭。

　　野鸭潭里鱼虾数不清，那可是野鸭子的极好食物。

　　后来，芦苇丛被刨掉，种了玉米。

　　永乐江水越来越浑了。小鱼小虾几乎绝种。

　　江水被污染，是因为上游建了一家造纸厂。

　　野鸭滩没了野鸭子。野鸭潭也没了野鸭子。

　　再后来，就是分田到户了。老根分到了野鸭滩旁边的几亩地。

　　刚开始退耕还林时，老根找到村主任："我不想还林，我想还芦苇。"

村主任说："这事我做不了主。你问问乡里吧。"

老根觉得乡长一定能做主，就去找乡长。

老根问："乡长，我不想退耕还林，我想退耕还芦苇。"

乡长就乐了："啥？还芦苇？没听说过。上级也没这个精神。"

老根说："过去我家那块地就是芦苇滩。这回我要栽芦苇。"

乡长奇怪："栽芦苇？栽芦苇做什么？"

老根："给野鸭子做窝。"

老根跟乡长说："小时候，芦苇滩住满了野鸭子，我曾经在春天捡了一筐野鸭蛋。那会儿山清水秀，野鸭子那叫多啊。我跟那些野鸭子熟了，它们就跟家养的鸭子一样，一点也不怕我。有一回我躺在芦苇滩上，竟有两只野鸭子想在我头上做窝呢。我一动，它们才惊惶地飞走了。"

乡长听着挺有趣。

老根还说："乡长，眼见这几年山上绿了，河水也清了，我琢磨着那些野鸭子也该飞回来了。它们飞回来，没有窝咋行啊？"

乡长明白了老根的意思。乡长有点小感动，老根这人对那些野鸭子都有情有意的，是个好人。

乡长就说："地是你家的承包田，你想咋办就咋办。只是，没有补助的。咱们没有退耕还林，不能往上申报，不能糊弄国家的。"

老根高兴地说："乡长，有你这句话就成。给不给补助没关系。"

一开春，老根就开始栽芦苇。他花了200多元钱，去外地买了一拖拉机的芦苇根，还雇了二猴帮忙，栽了10多天。

第一年，芦苇一小片。来了几只野鸭子在芦苇丛里钻进钻出。

第二年，芦苇比原来又大了一片。几十只野鸭子在里面叽叽喳喳，在野鸭滩嬉戏，在野鸭潭游玩，捉小鱼，捉虾米。

野鸭潭里的小鱼小虾密密麻麻的。

第三年，那芦苇滩就更大了，郁郁葱葱。一面是淡黄的沙滩，一面是波光潋滟的野鸭潭，一面是翠绿的芦苇荡。

呵呵，老根坐在沙滩上，看天上云卷云舒，望江水滚滚东流，瞧芦苇滩绿浪翻滚，真是美极了。

有人见了这成群的肥肥的野鸭子，就动了心思。

二猴觉得跟老根一块儿栽过芦苇，就想弄几只野鸭子解解馋。

二猴问老根："老根哥，我想抓几只野鸭子吃。"

老根说："这可不行。犯法的。"

二猴说："大家都睁一只眼闭一只眼的，谁知道呀？"

老根说："你趁早死了这份心吧。这芦苇滩是我的，这野鸭滩是我的，野鸭潭也是我的，这野鸭子就更是我的了，谁也不许动野鸭子一根毛。"

二猴可不是一般人，他的鬼主意多着呐。明着来不行，干脆暗中动手。趁着晚上没人时，他打着手电来捉野鸭子。

这事被老根知道了。老根直接就去森林公安分局报了警。结果，二猴被抓进拘留所，还罚了款。

二猴出来后，再也不敢打野鸭子的主意了。

有一回，省里来检查环境保护工作，乡长就把检查组领到了野鸭滩。

检查组的人来时，老根正在野鸭滩上晒太阳呢，他周围全是野鸭子，又吵又闹。

好一幅人和大自然和谐共处的写意画。

检查组的人坐在岩石边上，微风拂来，芦苇滩像大海的波涛此起彼伏，野鸭潭清澈明亮，不时有小鱼跃出水面，他们感到非常惬意。

乡长满面春风，向检查组的人汇报着情况。

检查组组长兴奋地说："看看这江里的水，看看这沙滩上的鸟，再看看那芦苇滩，你们的工作还用汇报吗？"

乡长回去后，立即组织人力物力，在野鸭滩的边上盖起了一处小房子，供老根休息。

乡长对老根说："谢谢你为咱乡里争了光。"

老根说："我喜欢野鸭子，也喜欢这里的清净。"

如今，这野鸭滩可出名了，经常有人来参观。但如果有人想靠近野鸭滩，老根就会告诉他们，不能打破野鸭子们平静的生活。

孟宪歧　河北省作家协会会员。分别在50多种报刊公开发表中篇小说、短篇小说、小小说、散文、故事300余万字。出版《那山·那人·那狗》小小说选集，多篇小说、故事、散文获奖。

两条河在这里汇合

◆ 龙会吟

　　两条河在这里汇合，一条来自山南，一条来自山北。

　　山南、山北是两个乡。两条河的河水汇集到这里，没有立即融合，而是各自占据着"半壁江山"继续向前奔流，在河中形成一道明显的分界线。来自山南的河水碧波荡漾，来自山北的河水混浊浑黄。行人看到这番景象，心里总会嘀咕，两条河只隔着一座大山，差别怎么这样大？

　　大志也这样嘀咕，不但嘀咕，心里还犯堵。他是山北乡新调来的党委书记，这时正站在河流汇合处，面对一浊一清的河水，在心里发问。他原来计划先去乡里和班子成员见面，现在改了主意，先沿河道调研，把水质污染的情况调查清楚，再去乡里见大家。

　　一路上，他摸清了沿河有几座光秃秃的山头，了解了哪些地方水土流失严重，还暗访了几家违规排污的工厂。一切情况都掌握了，他才来到乡里，通知召开乡、村两级干部会。

　　会上，他问大家："你们去没去过山南、山北两条河的汇合处？"

大家都说去过，又奇怪新来的书记为什么要这样问。还没等大家醒悟过来，大志接着又问："你们在那里看到了什么？"

还能看到什么，一清一浊的河水呗，早已司空见惯。乡、村两级干部都窃窃私语。大志也不阻止大家，等大家窃窃私语得差不多了，才提高音量，十分严肃地说："你们就没有想过，我们山北乡的河水为什么那么浊？和山南清澈的河水汇在一起，你们就没半点羞愧？"

会场上鸦雀无声。大家都在心里反省，想着想着最后都红了脸。大志说："以前没有羞愧过，也就算了，从现在起我们要知耻而后勇，急起直追，加大生态环境保护力度，治山治水治污染，我们要让山北的水比山南的水更清澈。"

在大志的领导下，山北乡从上到下，掀起了生态环境保护的高潮。他们在荒山秃岭上植树造林，防止水土流失，对违法排污企业实行关停转型，杜绝污染源头。慢慢地，河水变清了，在两条河的汇合处，山北河水的清澈度已经超过山南。看到变化的人都觉得奇怪。

小向也觉得奇怪，山北乡的河水怎么比山南乡的河水清澈了？小向是山南乡的党委书记。他带着班子成员来到两条河的汇合处。河中仍然有一道分界线，虽然没有以前那么分明，但还是看得出来，山北乡流下来的河水确实比山南的清。"看来，我们乡的环境保护工作还做得不够。"

　　几个月后，两条河的汇合处，景观又发生了变化，从山南乡流入的河水，清澈度又超过了山北乡，虽然不是很明显，但肉眼还是看得出来的。

　　小向说："过不了多久，山北又会超过我们，我们不能放松。"

　　几个月后，大志给小向打电话："小向书记，我想和你见个面。"

　　小向说："好啊，你选个时间、地点。"

　　大志说："时间定在今天，地点就在两条河的汇合处。"

　　小向说："你是要我看看你们又超过了我们？"

　　小向赶到山南、山北两条河的汇合处，大志已在那里等候。两人寒暄一番，把目光投向河面。山南、山北两条河，注入汇合处后，还是沿着各自的地盘奔流。分界线两边的水色，已无半点区别。一样的蓝如碧玉，一样的绿似翡翠，比肩奔流了一阵后，渐渐地融为一体，化成一匹绿缎。绿缎上飘着白云。白云上荡着流水的歌声。大志和小向都在这歌声中陶醉了。

　　大志说："小向书记，我今天约你来，是想和你商量一件事。"

　　小向说："我知道，你是想对我说，我们两个乡合作，携手保护好环境。"

　　大志一脸惊讶，说："你是我肚子里的蛔虫？我想什么你都知道？"

　　小向笑了，说："生态环境保护涉及到方方面面，只有携手合作，才能交出最好的答卷。"

　　两人的手紧紧地握在一起。两个人的心，也像那从山南、山北奔来的河水，融为一体，奔向大海。

龙会吟　湖南隆回人，中国作家协会会员，中国戏剧家协会会员。出版有小说集《谷雨茶》《深山里的白衣天使》《天边一钩弯弯月》，长篇报告文学《跟着老后走花瑶》（合著）等。现居广东中山。

一江清水出巴渝

◆ 邹安音

1

自古以来，中国西南的巴渝大地，江河纵横，血脉相连。

秋末冬初的太阳，暖暖地映照着四川广安，也沐浴在参加川渝作家环保行活动的每一位作家心上。

水是这片土地上的万物之母，中华民族历来逐水而居，沿河兴邦。广安境内水系发达，河流众多，共有 20 余条跨省、市河流。其中渠江穿境而过，是长江支流嘉陵江的最大支流，孕育了厚重的红色文化、桑蚕文化等，成为这方子民的母亲河。

秋阳烁金，与水同行。看渠江水轻拍着城市堤岸，在低吟浅唱中，谁能料想这座城市的污水却在地下静静地发生着"脱胎换骨"的质变。这是四川省首座下沉式城市污水处理厂，有着先进的处理工艺和除臭技术。在这里，你能亲眼看到一管污秽不堪的脏水变成一股洁净可人的泉流。

污水处理厂之上，江风轻拂着花木，拥吻着一座鲜花盛开的公园。江河、城市于此完美交融。

"当清晨被鸟语叫醒的时候，当散步感受清风徐来的时候，当戏水能看到鱼翔浅底的时候，我明白了环保工作的重要意义。而那些在烈日下测水样，在田间地头找排污口的日子，也都变得明亮了起来。"广安市基层环保人张臣满怀深情的一番话，就是对这片土地最好的告白。

蓝天白云，清风明月，小桥溪流……这是我们都向往过的自然生活。"绿水青山就是金山银山"，如实记录"人与自然和谐共生"的美丽中国与美好生活，是作家们义不容辞的责任和义务。

2

出四川广安至重庆合川，一眼就看到清澈碧绿的嘉陵江，像一湾温润的玉石，铺陈在城市的心脏。

合川最不缺的就是水，嘉陵江、渠江、涪江于此汇合，境内水网密布，共有河流251条，人均拥水量是全国水平的19倍。

有水便有了一切，合川人最自豪的就是拥有很多的滨江公园。东津沱滨江公园、赵家渡水生态公园、花滩滨江市政公园等20多个亲水休闲公园，把城市变成了一座地地道道的拥江水城。

金阳暖暖地照在身上，不是春光却胜似春光。赵家渡水生态公园褐红色的巨石上，标识醒目而赤诚，与它脚下的红艳花朵一起，热烈欢迎着踏上这片土地的每一个人。

公园里，湿地边上，花圃竞艳；湿地对岸，城市林立。它们两两相望，中间江水清澈纯净，白云飘落水中。

为了还江于民，赵家渡水生态公园以"人水和谐、生态治理"的发展观，创新理念、优化设计、改良工艺，为广大市民提供了一条生态、亲水的休闲健身步道。

此外，赵家渡水生态公园还将河道治理与水生态保护有机结合，将防洪排涝、生态修复、城市景观、休闲游览等多功能集于一体，建成了全国首例生态防洪护岸工程，荣获中国水利优质工程"大禹奖"。

如果把大江大河比喻为"主动脉"，那么农村的条条河流就好比它们的"毛细血管"。为消除生活污水随意排放对三江水质的影响，合川严格落实河长制，从源头加强水污染治理，在全市率先启动农村25户以上重点聚集区生活污水处理设施建设，才有了这随处可见的美景。

大禹石像下，花海、草滩交相辉映；天空中，飞鸟、白云自在逍遥，世间万物皆有生命，它们正与合川的人们和谐相处，同融共生。

站在东津沱滨江公园的观景平台瞭望，"三江六岸"是合川重要的生态廊道。生活岸线、生态岸线、景观岸线组成沿江最美岸线。

随着"三江六岸"治理成效的不断显现，水域生态环境持续改善，每年冬季，大量红嘴鸥为躲避北方的严寒，会成群结队迁徙到合川，把这里作为过冬的温暖家园。

在渠江、涪江和嘉陵江交汇的地方，漫步鲜花盛开的江岸，或者在钓鱼城墙上看江上涌动的碧波，怀古幽思之情顿时如天上白云般，荡漾在水中。

3

在重庆西北部与四川交界的潼南区，奔腾的江河至此放慢脚步，缓缓流淌。

古桥这边，江堤之上，进入潼南大佛寺湿地公园，天上飘着些微云，阳光不再炽热，人的心绪平静了许多，就像那一江清水，从容地从石板桥下流淌而过，去往更远的远方。

踏上敦实的青石板路，绿意悠悠的青苔和崖壁褐红的巨石映衬，更显出这片土地的沧桑和古老。

物华天宝，人杰地灵；出则繁华，入则清幽，这应该就是大佛寺湿地公园慧心独具的一面。它仿佛与世隔绝，却又处处召唤着人们。

大佛寺湿地公园依涪江而建，位于潼南老城区和大佛坝片区交会处，南侧紧邻大佛寺景区。"江舟花堤悠悠走，三千须弥漫漫寻",行走在湿地公园,内心不染一丝杂尘,就像面前的江水一样清澈、山花一样素洁、小草一样青绿,仿佛行走在自己的内心。

眼前的江河是经历过潮涨潮落的,就像岁月的更迭,时空的变换。大佛寺湿地公园其原场地为涪江河道滩涂,如何把潼南的航运文化表现出来,如何体现大佛寺湿地公园的本土文化特性,让城市滨河湿地景观公园别具一格,就需要蕙心兰质的发现和体验设计。

大佛寺湿地修复方案颇具慧心,在尊重传统本土文化、做好生态保护和江岸线修复的基础上,以打造休闲旅游的花园城市、现代宜居的滨江城市和绿色养生的田园城市为总体目标,因地制宜建设成绿地公园。

清水出芙蕖,大佛寺湿地公园在一个面积达99公顷的人工湿地上,用类似荷花叶脉的肌理,控制全局,水泡湿地重复出现,配置各种乡土植被而形成生态本底,这是高密度城市中难得的滨河滩涂绿洲。

湿地是城市的肾,护佑着人们安居乐业;湿地也是江河的眼睛,让它们时时刻刻都保持着洁净和明亮。涪江潼南城区段水质常年保持在Ⅱ类,曾获评2021年重庆市美丽河湖称号。

行走江堤,暖风吹得游人醉。江河放慢了脚步,原野上的小溪流就增多了,人间也增添了很多烟火色,一个个古镇和村落就是小溪流栖息的地方。

漫步在潼南区双江古镇上,踩着很有年代感的青石板,想象着不知道有多少人从这上面走过，又有多少人喝过这小溪流的水。

浮溪河、猴溪河是古镇的"毛细血管"，滋养着一方的人和土。但这一方的人和土却也生过病，比如急功近利等原因让大地和花草失去了它原本的模样，河道综合整治迫在眉睫。

好在古镇人做什么都讲究匠心。物理、生物及生态修复相结合的治理措施，为居民打造了景美水绿的生态环境，重新构建了健康完善的水体生态系统，让双江古镇的生命力得以延续。

河道不会辜负每一份匠心。民居之外、田野之中、河岸坡上，碧草茵茵，曾经污浊的溪水华丽转身，"水净、河畅、岸绿、景美"的生态环境重现世间。于是，小溪流哗啦啦地唱着歌儿，奔涌进江河，去往自己想要去的地方。

邹安音　中国作家协会会员，全国"书香三八"特约作家，天府书展城市读行者推广使者。作品发表于《人民文学》《人民日报》《文艺报》《散文选刊》等；获得第八届"冰心散文奖"、第六届"中华宝石文学奖"提名奖、第三十届"东丽杯孙犁散文奖"、第二届"金沙书院两岸散文奖"等；有作品选入大学、中学教辅和试卷，并入选中国作家协会2019年定点深入生活项目名单；出版有散文集《心上青居》《菩提花开》《嘉陵江从镜头前流过》。

王剑的生态系统

◆ 贺　震

秋风起，蟹脚痒。随着秋风的吹拂，螃蟹养殖户迎来了一年中最高兴的事儿——螃蟹丰收。

连日来，来安螃蟹养殖基地的总经理王剑忙得不可开交。一方面，安排员工给螃蟹投料，不时察看螃蟹的长势；另一方面，将顾客预定的价值100多万元的螃蟹，安排快递公司赶在中秋节前全部送到。

以他名字注册的"王剑牌生态蟹"，这几年深受顾客青睐。螃蟹还在水中，就被客商预订了几百万元。

忙，不算什么；累，也不算什么。关键是心底充满着成功的喜悦。忙着、累着、快乐着，这是王剑现在生活的真实写照。

造一个"自己的阳澄湖"

　　王剑从农业大学研究生毕业时面临多种选择，在亲戚朋友看来，他后来的决定是下下策。因为，他选择离开生活优渥的城市，到农村风吹日晒地搞螃蟹养殖，将命运受制于多种非人力能控制的因素，如干旱洪涝、行情起伏、病害等，未来不可预期，赔光本钱也不是没有可能。

　　但王剑却有自己的打算。出生于江南水乡，王剑是吃着阳澄湖大闸蟹长大的。由于阳澄湖大闸蟹深受食客喜爱，每年秋天，总有一些外地蟹运到阳澄湖养一段时间，然后以阳澄湖大闸蟹的名义出售，价格立马翻倍。

　　那时他就想，阳澄湖方圆不过120平方公里，产量毕竟有限，如果把阳澄湖大闸蟹的自然生长条件作一深入研究，在江南一带找个地方，模拟阳澄湖的生态环境，是不是可以养出与阳澄湖蟹一样的大闸蟹？

　　造一个"自己的阳澄湖"，成了王剑心中的梦想。现在，走出大学校园，仿佛一阵春雨浇过，埋藏在心底的种子开始发芽。

　　王剑到老家来安村办起了螃蟹养殖基地。他要把自己多年的梦想变成现实。

　　第一步，王剑与小伙伴组成一个科研小组，赴阳澄湖实地调研水文、水质理化、湖岸、湖底情况。经过详细调研，王剑终于摸清了阳澄湖的"底细"。

第二步，王剑承包了村里 300 多亩低洼地，开挖几十口大水塘，一边养殖普通的淡水螃蟹，一边选取三口蟹塘进行精心试验。每次改造蟹塘投入的各种填料，王剑都认真记录，对水质、水环境变化进行认真观察，对各种配比反复进行调整，将试验养殖的螃蟹送到权威的水产科研机构进行化验，同时，邀请美食家对自己试验养殖的螃蟹与阳澄湖大闸蟹进行对比、品鉴。

为了给螃蟹生长创造天然的生态环境，王剑买来水草栽在水塘中，让其在光合作用下吸收水中的二氧化碳，产生氧气，更好地吸收有机物，提高水塘生态系统的自净能力。

通过几年的探索，王剑总结了一套使用能过滤水中淤泥、改善水质的砂性土改造蟹塘环境的办法，改造后的蟹塘养殖的大闸蟹，与正宗的阳澄湖大闸蟹一模一样：青背、白肚、黄毛、金爪、体壮，无论是实验室检验的内在成分，还是人工品鉴的口感，都难以区分。

王剑终于实现了造一个"自己的阳澄湖"的梦想。

环环相扣的"生态系统"

可养着养着，王剑遇到一个棘手的问题：蟹塘边经常出现蟹壳上有洞的死蟹。

　　王剑实在想不明白：硬硬的蟹壳上怎么会出现孔洞呢？难道是有人故意使坏？自己没有得罪什么人，而且人工也不好操作啊。

　　通过周密分析，王剑排除了人为的可能性。那又是什么神秘的力量能在螃蟹壳上凿出洞来呢？

　　好长一段时间，王剑日日守在水塘边，但始终没有找到答案。

　　为了查清问题症结，王剑让人在蟹塘边安装摄像头，24小时无死角监控。

　　终于，王剑找出了"凶手"。原来，大闸蟹从蟹苗长到成蟹要经历多次脱壳。处于脱壳期的螃蟹，蟹壳像软壳鸡蛋一样经不起触碰，也无法进行自我保护。蟹苗个头还小时，可以躲进水草里进行脱壳。螃蟹长大后，水草便遮不住它们了。随着螃蟹养殖年头的增长，蟹塘一带的生态环境得到改善，引来了大量的白鹭和灰鹭等鸟类。处于脱壳期的螃蟹，极易被白鹭、灰鹭等鸟类啄食。而白鹭、灰鹭警惕性颇高，一旦发现有人，便避而远之。王剑明白了自己蹲守数天一无所获的原因。

　　王剑很伤脑筋：白鹭、灰鹭那么多，蟹塘也那么多，如果请人24小时轮流驱赶，人工成本根本承受不起。刚开始，王剑让人在蟹塘四周隔不多远树一个稻草人，稻草人手上系上随风飘动的彩条。前几天确实有效，但时间一久，便对白鹭、灰鹭失去了效果。鸟儿也聪明着呢。

后来，王剑又改用放高音喇叭驱赶，可那高分贝的噪声不仅没赶走白鹭、灰鹭，反倒让养殖工人心烦意乱。

怎么才能解决白鹭吃蟹的难题呢？

王剑向自己的导师倾诉烦恼，导师建议他试试在养螃蟹的塘边种一些水稻。

导师说，原理很简单：水稻高于水面，可以给大个头的脱壳期螃蟹提供很好的隐蔽场所。此外，螃蟹也是水稻的好搭档，它不仅能为水稻疏松土壤，粪便也是天然的肥料。

王剑一试，果然奏效。稻蟹共养的模式，不仅解决了鸟害问题，还增加了一份水稻的收入，这让他笑逐颜开。

可令王剑没想到的是，这养螃蟹竟然也像唐僧西天取经一样，一难接着一难。

稻蟹共养之后，白鹭、灰鹭失去了威胁，可"稻田杀手"福寿螺和杂草又来祸害水稻了。

福寿螺专吃秧苗，而且繁殖力强、生长速度快，对水稻的危害极大。另外，种上水稻之后，和水稻争抢养分的杂草也越来越多，大有喧宾夺主之势。

王剑了解到，农户都靠往稻田打药来对付福寿螺和杂草。但这一招王剑是万万使不得的，自己的稻田里养了螃蟹，如果打药，还有螃蟹的活路？

无奈之下，王剑只能带着工人费时费力地边捡螺边插秧。

但令王剑头疼的是，福寿螺生生不息，怎么也根治不了。人工捡螺既不治标，也不治本，只能降低对水稻的危害程度而已。

这些问题搅得王剑茶饭不香、夜不能寐，他甚至有些怀疑自己的梦想了。

导师的女儿刘梦甜大学毕业后，在市生态环保部门工作。这天，刘梦甜到王剑的螃蟹养殖基地游玩，王剑向她诉说了自己的苦恼。

刘梦甜甜甜一笑说，你养鱼啊！

当真？不开玩笑？

谁与你开玩笑啦？

王剑按照刘梦甜的主意，买来草鱼、鲫鱼和鲤鱼鱼苗投进稻田里养起来。问题果然迎刃而解。

哎！你这一招儿是从哪里学的？

你忘了，我专业是生态学，现在在生态环境局工作，用生态的、系统的观点解决问题，可是我的老本行和看家本领呦！

刘梦甜的一番话让王剑如醍醐灌顶。原来，鲫鱼和鲤鱼以动物性饲料为主，特别喜欢吃稻田里的害虫和福寿螺，而草鱼以杂草为食，这三种鱼一组合，福寿螺和杂草的问题就同时解决掉了。

从此，在王剑的蟹塘里，水、蟹、稻、螺、草、鱼，构成了一个环环相扣的、美妙的生态系统。

王剑的养殖事业逐步走上正轨，规模越做越大。"再造阳澄湖"的探索成功后，王剑并不保密，而是热情地向别的养殖户介绍生态蟹的养殖经验，让蟹农们个个赚得盆满钵满。

　　后来，王剑与刘梦甜结成一对幸福的夫妻，营造了另一个美妙的生态系统。

贺　震　江苏省作家协会会员、省报告文学学会理事；武汉大学环境法研究所研究员、东南大学中国特色社会主义发展研究院（智库）特约研究员、《中国环境报》特约评论员。在《人民日报》《光明日报》《中国青年报》等报刊发文数百篇。

一家人的"长江保卫战"

◆ 李文山

不出所料，太阳才刚露头，温度就跃过了 38℃。走在长江北岸湖北荆州段，蝉声喧闹，热风扑面，人就像置身烘烤箱一般，不消几分钟，就汗流浃背。

"快要进入三伏了，真是热得每天不一样。"走在我前头的陈景旭略显愧疚地说。

气温高，湿度大，体感温度绝对超出 40℃。陈景旭边走边安慰我说："上了船就会好一些，江面上有水风，我们的驾驶舱也添置了空调和电扇。"

一艘名叫"荆长净"的中型清污船静立在码头，阳光将绿色的船身勾出金色的轮廓。上了船，我才发现陈景旭的妻子孙红艳早已在船上忙碌了，她和两三个工人师傅一起收集着昨夜靠岸泊船积攒下来的生活垃圾，汗水让每个人身上都湿漉漉的。孙红艳说道："现在工作环境比过去好多了，船主也比先前配合。"

2018 年年底，夫妻俩卖掉房子，筹资 140 万元，加上港航局补贴的 80 万元，置下一艘新船，上有卧室，有厨房，再也不用吃馒头榨菜喝开水了。更重要的是，新船能装载更多的垃圾和清运油污水。

这是他们第二次为船卖房。第一次是在 2007 年夫妻二人下岗之后。为了生计，他们卖掉老家的住房，凑钱买了清运垃圾的船和皮卡车，干起了长江垃圾清运营生。

那艘船取名叫"荆长净 1 号"，意思是保护荆州长江洁净。"我们都在江边长大，童年的记忆里都是清澈的江水。现在看见油污、垃圾、死鱼污染着江面，特别渴望有一天能让环境回到过去。"孙红艳说。

想要荆州长江洁净，自己先要吃得苦中苦。船笛声鸣响，"荆长净"身披金光出发了。刚刚下江做清运工时，是陈景旭最苦的日子：只要天气允许，夫妻俩就从码头起航逆流而上，驾船行驶 10 余公里，沿江收集船舶垃圾，直到荆州旅游码头止。一直忙到下午再返回，把垃圾提上岸，装上皮卡车，拖到最近的锅底渊垃圾站。如果天气不适合出船，夫妻俩就开车顺着沿江码头，挨个上船收。

万事开头难。虽说是在江边长大，但孙红艳没有任何水上经验，初上船时，颠簸和晃动都让她恶心，经常抱着栏杆干呕，吐得翻天覆地，别说干活，连走路都没力气。这样的工作从早上 7 点开始，好不容易挨过落日熔金下船，回房间睡觉，她都觉得床铺摇晃不止。可是第二天照旧要起床登船，再从 7 点继续重复工作。

就这样，熬了很长一段时间后，孙红艳才终于习惯了船上的生活。然而真正的困难，还在后面。夫妻俩的工作范围覆盖整片荆州港，途中每一艘停泊的船只，他们都要靠近询问有无需要转运的垃圾。得到船员的应允后，陈景旭会慢慢行驶船只靠近目标，再将缆绳套在两船之间。待准备工作就绪，他穿好救生衣，踩着清运船顶爬到另一艘船上，把需要转运的垃圾递给妻子。

在陈景旭忙碌的时候，孙红艳也在忙着做垃圾分类，给即将接收的垃圾腾出更多空间。事后夫妻俩再用皮卡车将垃圾送往陆地，请环卫工人进一步处理。

两眼一睁，忙到点灯。一天周转下来，不啻一场战斗，累得筋疲力尽，但令人欣慰的是，经手的垃圾重达几吨，都被送进了垃圾处理站，没有被投入长江。

在行驶途中偶尔看到江面上的垃圾漂浮物，他们也会拿网兜去打捞。夏天炎热，驾驶室热得像蒸笼，船板晒得烫脚，皮肤都晒掉好几层，船上运输的垃圾更是会散发阵阵恶臭。夫妇俩苦恼又尴尬，因为无论怎么洗澡，都很难立刻去除身上刺鼻的气味。在跟别人接触时，也经常觉得不好意思。

一到冬天，寒风如刀，甲板结冰，溜滑得很，很容易滑倒摔跤，他们必须小心翼翼地挪动才能保证安全。船上没有电，也不能用明火，夫妻俩在江上吹了半天冷风，浑身僵痛，也只能用开水泡冷馒头，一股脑喝下去。

有时候到了饭点，恰好来了一艘游轮，他们就得连续清理垃圾，两吨多的垃圾被转运出来，6 个小时就过去了。不仅一刻不能休息，连口热茶也喝不上。

"保卫长江是一件挺有意义的事情，苦点累点臭点倒还无所谓，最怕的就是船主不配合，垃圾不好收。"孙红艳说，以前船主环保意识差，听说收垃圾还要钱，就使出种种手段刁难。

"有的跟你大吵大闹，有的闭门不见，有的还拿斧头威胁……"孙红艳说，收费其实不高，物价局没有具体标准，他们只好按照行规，根据船舶吨位大小来收，几千吨的收 100 元，几百吨的收 50 元。一般的小船从抵达荆州港区到离开，无论停几天都只要 30 元。夫妻俩收费清运垃圾并不容易，但却被很多人不理解、瞧不起。

有一次，一艘大货船老板将船底清理出来的淤泥当垃圾要他们清走，为避免冲突，陈景旭和孙红艳一声不吭将沉重的淤泥一袋一袋背到自己船上。还有一次，他们准备上船去收垃圾，但是船员当着他们的面把垃圾丢进长江，然后砰的一声把门关上，夫妻俩只好把垃圾打捞上来，开船离开。

"如果不收垃圾，船员就会乱扔，江上到处都是漂浮物。"陈景旭解释道，长江海事部门会随时随地监督他们，如果乱收费，搞不好他们的饭碗都保不住。房子都卖了，全部家当都押在这条船上。为了生计，夫妻俩咬牙坚持。一年 365 天无休，时刻守护长江的清洁。

好在国家对长江生态的重视程度越来越高，不仅提出了

"共抓大保护，不搞大开发"，还实施了长江大保护战略。这些变化给夫妻俩带来了很多便利：船上垃圾分类有了明确的执行规则，船主们的环保意识大大增强。收垃圾的活儿比以前顺畅多了，夫妻俩终于迎来了好时候。

2019年9月，作为长江上的垃圾清运工，夫妻双双入选"中国好人榜"，他们不畏风吹日晒、酷暑严寒，日复一日坚守在江面上，用自己的行动，呵护长江生态的事迹不胫而走，市港航管理局补贴了80万元，以政府购买服务的方式，实现垃圾收集服务全免费。

略带惬意的水风迎面吹来，15个春秋的辛苦没有白费。陈景旭说道："现在江边上砂厂已经拆了，拆后全部都绿化了。在没有涨水的情况下，这水清澈得在江面上可以看到水下的草。"

荆州，始于先秦时期九千里云梦大泽，因水而生。滚滚长江水奔流而过，两岸是巨蟒般的巍巍大堤，江面上的船只往来穿梭、川流不息。

雨后的长江北岸，滨江公园蒙着一层水汽，草青树绿、花朵缤纷、微风徐来、浪花拍岸，令人心旷神怡。

如今，长江的旗舰物种江豚也越来越多了。孙红艳说到，春季和冬季江豚成群出现的频率要高一些，而夏季看到多头江豚戏水的场景还是较少的。江豚一般成群从下游往上游来回游玩。

长江倒映着蓝天白云，风吹起阵阵波纹，江水浩浩荡荡向东流去。"荆长净"逆水前往目的地,激起白色浪花。船两侧,一群水鸟逆风飞翔,不时掠过辽阔的江面。

"妈妈,你不是说到了清晨和晚上,还有大鸟从长江上空一阵一阵飞过去吗?我怎么没有看到呀?"我一抬头,发现是一个30岁左右的年轻人。

"他叫陈庆,是我们的儿子,"孙红艳一脸骄傲,"受我们影响,他考取了船员证,现在我们一家人都加入到了长江保卫战中。"

前年,夫妻俩专门成立了公司,还聘请了两名工作人员,垃圾清运变得更加专业高效。从小和他们一起在江面上风里来雨里去的儿子,考虑到父母都到了奔六的年纪,毅然放弃武汉的优越工作,赶回荆州加盟,垃圾清运工作有了接力人。

陈庆说,"荆长净"的装备越来越现代化了,现有4个船舱,可以装40立方米的生活污水和20立方米的油污废水,甲板上有4个垃圾桶,可以容纳40公斤的生活垃圾。除了每天早上7点至下午5点进行日常航行,遇到有需求的货船,还会及时帮助转运,通过"船E行"手机软件可定点接收趸船、货船、游船倾倒垃圾的信息。

"我们一家人接力保卫长江,既是求生存,又绝不只是求生存。"我望着渐行渐远的"荆长净",仿佛听到孙红艳的话飘荡在清澈奔腾的江面上。

李文山　湖北省作家协会会员，曾任潜江日报社副社长、副总编，从事新闻工作30余年，获评"湖北省首届百佳新闻工作者"，在《人民文学》《民族文学》《中国作家》《上海文学》等杂志发表文学作品300余万字，多次荣获全国性文学大奖。

舅舅当了"河参谋"

◆ 茅震宇

我妈知道我要下乡，就让我一定顺道去看看舅舅、舅妈。

车进小区，这里本来就比城里宽敞开阔，现在又变得整洁了不少。

进了舅舅家的小楼，我放下妈妈让带来的东西，问忙着倒水的舅妈："舅舅呢？"

"他呀，当了河参谋，天天不着家。"

"河参谋？这是个啥职务？"

"你去问你舅舅吧，他在河边呢。"舅妈指指屋外，"喏，就这条路走过去，小区门前那条河边。"

"舅舅在河边干啥？"

"他就喜欢钓鱼呀。"

"舅舅又去钓鱼了？"舅舅年轻时有"一甩牢"的绰号，在当地方言里，"一甩牢"就是甩竿没有空的意思。但后来乡下河道多被污染，舅舅这个"一甩牢"也就被迫"失业"了。

舅妈留我吃了饭再走，我看时间还早，就先去河边找舅舅。

舅舅想要收竿回家，我说好久没看"一甩牢"的风采了，舅舅就呵呵地笑着继续钓鱼。说起钓鱼，舅舅就特别高兴，他指着干净的河水和岸上的绿树、护坡的草坪，自豪地说："水净鱼才多，这些都是小晴他们弄成的。"

小晴是舅舅的女儿，别看舅舅现在很为她自豪，可是几年前他却为她大大恼火过呢。小晴大学毕业后主动回村，起初舅舅说啥也不同意，父女俩吵得要决裂。小晴跑到城里找我妈，前脚刚进我家，舅舅后脚也跟了来。父女俩又吵开了，开始我还觉得小晴不听长辈话不好，但小晴的一句话扭转了我的看法，她说："我爸他们这辈让农民富起来，我们这辈要让农村美起来。"听了这话，我就拉着我妈一起说服了舅舅。

见鱼漂沉浮了两下，我叫道："舅舅，快甩竿。"

舅舅笃定地说："又是小鲫鱼捣乱。"

舅舅"啪"地把竿子一甩，果然是条小鲫鱼，他摘下鱼就往河里扔。我问："拿回去喂猫也行呀，凑多了就油炸。"以前舅舅钓到小鱼，挤掉鱼肠用葱姜酒腌后油炸，鲜香酥脆很好吃。

"你看——"舅舅指指柳树杆上的一块小牌子，"垂钓养生，小鱼放生。"

没想到"一甩牢"的境界这么高，这让我想起小晴刚回村时的无奈。当时舅舅家刚搬进这个安置小区，一栋栋小洋楼建得很洋气，可细看环境却让人忍不住摇头，好好的柏油路旁到处堆着柴火、破沙发、旧门板，花坛里种的是青菜、葱、蒜，墙根搭着披屋土灶，油烟弥漫。有车者随意把车停在路上，而车库里放的是舍不得丢弃的粪桶、破板车、旧桌椅。尤其是河道，远远地就能闻到腥臭，走近了看，黑色的水面上漂浮着各色垃圾。我问小晴："那怎么不管一下？"小晴叹息道："村民是习惯难改，上面是一时管不过来。不过马上要有新政策来了。到时候你再来看看。"

在舅舅家的乔迁宴上，我发现大家都不吃鱼，我还以为乡下仍保留着"看菜"的习惯。很早以前农村穷，红烧鱼是"看菜"，说是"年年有余"，实际上是要留待下一席再端一回。我问舅舅，现在怎么还留"看菜"？舅舅说，鱼有怪味不能吃，香料化工厂把河水都染香了，浇的菜也不能吃。我问，吃蔬菜怎么办？舅舅说，到菜场买外面运来的。我又问，村里种的蔬菜呢？舅舅说，卖给菜贩子，运到城里去。我听后倒吸一口凉气。

眼前的景象告诉我，曾令小晴无奈的问题解决了："现在的鱼可以吃了？"

"那当然，让舅妈给你做鱼吃。"舅舅得意地说。

我问舅舅："那小光他们种的蔬菜，质量是好的吧？"

舅舅明白我的意思："小光现在是蔬菜合作社负责人，他们种的菜不仅供大城市，还出口呢。"

小光是舅舅的女婿。小晴回村后，不知怎么的与在村里承包土地种菜的小光好上了。舅舅和舅妈横竖不同意，一个大学毕业生找个种菜的，男的还小三岁，更特别的是小光说他也是独生子女，按老家风俗不兴倒插门的。可小晴却铁了心要与小光好，钻进蔬菜大棚不肯回家。舅舅打电话向我妈求援，我妈说，小晴他俩既然都已经那样了，你硬逼他们分开的话，小心鸡飞蛋打。舅舅和舅妈也就只好听任小晴了。

"小晴快要生二宝了。说好了，随我姓呢。"舅舅喜滋滋地告诉我。

"太好了。小晴现在是村干部，管着小光的合作社吧？"

"合作社是村民土地入股股份制的，村里只管他们的环境和安全，不管他们生产经营。"

正聊着，舅舅"啪"地把鱼竿甩了起来，一条鲈鱼出了水。

舅舅开心地说："鲈鱼挑水质，水脏了一条也没有。要有了，就来一群，我再钓几条。你妈喜欢吃这鱼。"

连甩三条鲈鱼后，舅舅收了竿，临走时他用手机对着柳树牌子上的条形码扫了一下。见我好奇，他解释道："这是每天的监督考勤打卡。"

我似乎明白了什么，就问舅舅："舅妈说您是'河参谋'？"

舅舅一听就哈哈大笑："这老太婆真是嘴碎，连这个也跟你讲呀。"又不无得意地说："你以为我只是在钓鱼吗？不是的，小晴现在是这条河的河长，但她村里的事多，我就替她来看着点，鱼情反映水情嘛。你舅妈就封我为'河参谋'了。"

舅舅让我帮他提着渔具和鱼先走，他还有个任务要完成——每天这个点，村里到镇上接孩子的班车回来，他要接外孙回家呢。

茅震宇　江苏省作家协会会员、中国微型小说学会会员。长期供职于媒体，现任太仓市新闻工作者协会副主席。在《上海文学》《雨花》《天津文学》《北方文学》《人民日报》等报刊发表过小说、散文、杂文、评论、新闻理论作品，部分作品被选刊选载、入选年度选编、获全国和省市奖，出版有个人小说集等。

以树为神

◆ 杨海标

一

在宝赠村，我与一棵古树对视。

这是一棵杉树。在漫长的岁月长河中，它已踽踽独行了800多年。30多米高的树身，笔直向上，约需四个人才能合抱。树顶已枯荣参半，但树枝仍然铜浇铁铸般遒劲。树干经不住岁月烟尘的蹂躏，已经中空，树身仅剩下一层坚硬的外壳在顽强地支撑着这个庞然大物。

我站在树下，犹如面对一位德高望重、饱经沧桑的历史老人。我轻轻抚摸着沟壑纵横的干裂树皮，贴耳聆听它内部血脉、骨骼和经络的跳荡，感受到了它坚强、刚毅、深沉、旷达的生命本色。

宝赠是广西壮族自治区龙胜各族自治县一个古老的侗族村寨，寨前是大山里难得的一块平坦田垌，寨子后面是起伏的群山，那棵古老的杉树便鹤立在山脚下，与那些年龄比自己小很多的伙伴站成一排，形成翁翁郁郁的一片，给村寨带来了安宁与清凉，成为村寨一道独特亮丽的风景。

没有人知道这棵杉树经历了多少风霜雨雪的磨难，也没有人知道它是否有过曲折或惊心动魄的经历，这棵当年可以作为建房材料的优质杉树，安然无恙地走过了漫长的悠悠岁月，在子子孙孙无数代人的仰视目光中完好地保存了下来，使我们有了回望历史的支点，让人心生无限遐想。

二

侗族人一般选择依山傍水而居，一个寨子几十户或数百户。

行走在湘黔桂八百里侗乡（侗族主要居住区），无论你走进哪个村寨，都有参天的古树相迎。它们或独立招展，或结伴成林，有枯枝附于体上，有古藤缠绕其身，这些环绕着村寨四周、枝繁叶茂的高大古树，人们称之为"风水树"。

古侗族人认为，房子四周是四神驻足的地方，而风水树能驱灾辟邪，可以改变居所的风水命脉，所以都会在寨子周围栽种或保护已有的树木，给居所营造一个良好的风水环境。这些风水树与侗寨的山水、田园、木楼构成一幅山清水秀林幽、意韵独特的画面，让人心旷神怡。

在龙胜各族自治县平等镇平定侗寨的风水树群落中，寨边的那棵红豆杉最引人注目。据说这棵红豆杉是建寨时种下的，已在这里迎风披雨生长了近千年，那虬龙盘曲的粗大根脉，深扎在泥土与乱石之中，一直伸向悬崖下的沟溪边。屏息仰望，树干峻拔奇崛，稠密浓郁的枝叶遮天蔽日，蓬勃浩荡地迎上蓝天白云。

走近树旁，它伟岸的身躯透着一股钢铁般的气质，散发着永不枯竭的生命气息。它是寨子的灵魂和根脉，是人们心中的图腾，外出的游子想到它，就像想到了亲人，内心泛起浓浓的乡情与依恋。

人是树的命运，树也是人的命运。20 世纪 70 年代，生产队缺钱买化肥农药，一个大队干部带领一伙年轻人来到红豆杉树下转悠，想砍掉它换化肥农药。他们把刀斧磨得锋利，几乎就要动手了，是寨上的老人组成了护树队，白天黑夜轮流值守，才将它保存了下来。这次保树行动，是对扭曲心灵的一次及时救赎。

三

侗族自古就有崇拜树木的传统。风水树集天地的灵气，吸日月的精华，更是受人们的膜拜。

在平定侗寨，那棵古老红豆杉的树身上，缠满了红布条，树的前面有个用石头垒就的简陋祭坛。我看见几位准备外出的村民先后来到树下，他们神情肃穆，目光从树根移到树顶，然后双手合十，双膝跪地，良久才站起身，轻松离去，那般虔诚。平时谁家的小孩爱生病，便来向古树拜祭，认树为父母。逢年过节，人们到树下烧香化纸祭祀，希望古树保佑家人逢凶化吉、幸福安康。人们认为这棵树是神的化身，有求必应，能消灾纳福，保佑万事顺意。

在侗乡，古树是人们健康成长的护身符、驱灾避邪的保护神，所以老人们一再告诫，凡风水树一律不能砍伐，甚至枯枝败叶也不能拿回家烧火，否则会有灾难发生。

其实，不轻易砍掉一棵树，不轻易折断一根枝条，这不是迷信，是对生命的呵护，是对树木的敬畏，是人的道德高地。

侗族每个村寨对古树都有严格的保护禁忌。谁砍了古树就会犯忌，会遭到寨上人们的共同谴责、声讨、处罚。侗族款约在保护风水树及森林方面起到了强大的震慑作用。

款约是侗族村寨自我管理、规范村民各种行为的村规民约，它涉及生活的方方面面。过去，每年农历春节期间，全寨都要举行讲款活动，重申款约，要求大家共同遵守。为使村民经常得到警醒，时时铭记在心，许多村寨对重点款约勒石立碑，有的村寨还进行集体盟誓。这种严格、规范的款约制度，使爱护树木、护卫树木成为每个村民的神圣职责，继而内化为寨风、族风与家风，成为每个侗族人的基因密码。

四

一个细雨迷蒙的春天的上午，我看见一位中年男子带着一个七八岁的孩子来到山坡上，挖了一个大坑，种下一棵半人高的杉树苗。

生是一棵树，死是一棵树，这是侗族人对生死朴素的客观认识。家有儿子的，懂事后就要为自己种下寿木树，以便老死后与之相伴随，人们称之为"生命树"。生育女儿的，要栽"女儿树"，作为女儿出嫁时的陪嫁品。所以，侗族孩子从小就有了"人是森林一部分"的意识，他们与树木同生共长，相依相伴，感情笃深。因而在侗乡，人们植树造林的热情，像夏天的阳光那样火热，爱护树木的意识，像奔流的河溪那样自然。

侗寨的风水树不但是一道亮丽的风景，还带来了清凉。那些树叶便是一把把扇子，只要有一点微风，即使七月烈日当空，整个寨子也凉风习习，一派清新舒畅。每当大风来袭，它又用强健的身躯挡住狂野的山风，把村庄呵护得像襁褓里的婴儿。可以说，风水树既是侗寨的保护神，又是书写在侗乡大地上的美学范式。

以树为神，这是族群血脉的赓续与传承，是对与自己息息相关的生命的敬畏。这种敬畏已经根植在侗乡每个人的内心，并凝结成了深沉的家国情怀。

行走侗乡，我的灵魂找到了归宿，心中根植了一棵棵神圣的树。

杨海标　侗族，中国微型小说学会会员，广西作家协会会员，曾在各级报刊发表小说、散文作品，有作品在全国各地征文比赛中获奖并多次入选年度选本。

塑料项链

◆ 秋加才仁

看看那些远去的众生又回到了家乡，漫山的青草上沾满了露水，熟悉的百草味弥漫在空中，80岁的才仁奶奶一大清早就坐在黑色的牦牛帐篷前，享受着高原上难得的阳光和温暖。

"感觉就像又回到了很多年前。"才仁奶奶对着正在晒牛粪的媳妇说道。媳妇弯腰捡拾着还在冒着热气的牛粪，然后熟练地把它们摊开晒在离帐篷不远的草原上，她并没有理会才仁奶奶的话，也许是太远没有听见。

"我闻见牛粪的味道，感觉整个身体舒坦了很多。"才仁奶奶也不管媳妇有没有回复她，继续自言自语地说道。

媳妇晒完牛粪，回到黑色的帐篷门口，洗净双手后，对才仁奶奶说："阿妈，要不要再给您倒点奶茶？"

"不用了。"才仁奶奶说完就开始闭上眼睛念起经文。媳妇走进帐篷在土灶上煮起牛奶，开始了一天的劳作。

在远处的214国道边，还不到40岁的村主任达森正背着满满一大袋垃圾，满头大汗地收拾着国道边草原上的垃圾。让人注目的是，他把废旧塑料瓶子串成一串挂在脖子上，好似一条"项链"，滑稽的打扮吸引了不少过路人的注意，很多人举起手机拍他。

近年来，达森的一天除了放牛和忙村里的事，就是在捡拾垃圾中度过，每天他都要把那些垃圾集中起来，然后放在农用车上，傍晚时分拉到乡镇上的垃圾处理点。

捡了满满一车垃圾的达森，在一处小河边洗了手，从汽车上拿出暖瓶和干粮，坐在鲜花盛开的草原上，慢慢享受着美景，陷入了无尽的回忆之中。

对于世代居住在这里的游牧人来说，诺布草原就是珍宝般的存在。诺布草原上的德囊部落，据说是格萨尔王的后裔，在一次次的迁移和战争之后，最后定居在了这片富饶的草原上。

阿克珍久雪山和周边的眷属神山，四面环绕着一望无际的诺布草原。雪山上的溪流汇聚至月亮河，蜿蜒流向远处。雄伟的雪山是雪豹、棕熊、猞猁、藏雪鸡的乐园，碧绿的山腰是狼群、岩羊、野牦牛的家园，辽阔的草原是野驴、狐狸、兔狲的地盘，河流则是各类鱼类和青蛙的命定之所。山脊草原上的绿绒蒿、红景天、雪兔子等有名字和没有名字的植物点缀了山水。先祖们通过最初的朴素信仰和敬畏之心守候着这片草原，草原也回馈了先祖们富裕的生活。

在维度空间中，有形和无形的世界，那些居住在雪山之巅，幻化成守护者的山神，天空中喜怒无常的年赞，土地之下河流或湿地之下的鲁族，还有借用这片土地生存的人类，在彼此的敬畏中遵守着规则。那是一种和谐的、自我约束的人类与自然共生的生存法则。在岁月的变迁中，遵守着彼此的约定，人们用桑烟来敬畏取悦"山神"，用经幡和隆达来赞美祈愿年赞和鲁族。那些雪山和草原上的众生，不单单是野生的动物，它们还有一个重要的名字，先祖们称它们为"热当"，意为"山的主人"。先祖们相信那些生灵都是山神的家畜和坐骑，并用简单的岩画、绚丽的唐卡、泥塑的面具和祈祷的经文讲述这些守候者的传奇。

在动荡的游牧生活中，有些时候时间是可以忽略不计的。四季变换，游牧人的生活随着太阳行走。不知从什么时候开始，古老封闭的家乡有了变化——草原上修建起了一条条宽敞的道路，黑色的帐篷变成了白色的帆布帐篷，明亮的照明灯照亮了草原的黑夜。游牧人开始骑着摩托车在草原上放牧，在有意无意间接触着外面的世界，接受着外面的一切。再后来，网围栏阻隔了草原。

达森眼中的故乡和奶奶讲述的她记忆中的故乡完全是两个世界。对于故乡，达森一度充满了厌恶，因为每年春季，漫天的尘土会席卷已经变成黑土滩的草原。雪山上的雪早已融化，裸露出狰狞的褐色岩石，溪流早已断流，河流源头的游牧民赶着家畜要花很长的时间寻找水源。那些"山神"的生灵早已不知去向，雪豹、猞猁、黑颈鹤、棕熊都成了传说。能够见到几只沙狐，已经让孩子们感到很惊讶了。关于野牦牛的传说，似乎只停留在村口玛尼石硕大的牛角上。

更糟糕的是，那些年，由于外地的挖金人和本地的不法分子勾结，曾经富饶的诺布草原变得伤痕累累，开膛破肚的土地失去了生机。

即使这样，本来这一切可能跟达森还是毫无干系，只是，一次意外让达森的命运与这片草原紧紧地联系在了一起。那是一个月黑风高的晚上，达森的父亲骑摩托车回家时，因不小心掉进挖金人挖出的大坑而意外去世。不得已，达森放弃了学业，回到草原照顾家人。由于他具有出色的领导能力，村里人选举达森当村秘书。再后来达森当上了村主任，村里发生了翻天覆地的变化。

"快看，那些机械搬走了。" "据说挖金子的老板们都被抓走了。"

草原上，立起了一块用藏汉两种语言写着"绿水青山就是金山银山"的巨大牌子。村民们惊奇地看着这一切，其中一位识字的老人念完后，很多人附和道："这句话说到我们心坎里去了。"

不知道从什么时候开始，年轻人陆续回到村里来了，带来了新的管理模式、思维模式，开始用直播推销家乡的特产。满目沧桑的黑土滩逐渐消失，久违的绿色重新点缀诺布草原。鲜花盛开的草原上那些远去的"大地的主人们"也开始回归了故土。

诺布草原又恢复了宁静，古老的村落重新焕发生机。

这时，村主任达森又闲不住了。不知道从什么时候开始，他起早贪黑地在国道边的草原上捡起了垃圾。每天开着自己家的二手车，日复一日地成为垃圾专业捡拾人。

"老村长，这些垃圾都是外面人扔的，我们没有必要捡，只要我们不扔不就行了。"

"汽车来往这么多，每天都有人扔垃圾，什么时候能捡完？"

达森听到这些话后，专门在村委会上讲话："垃圾是别人扔的，但是草原是我们的，现在我们的诺布草原好不容易恢复了原有的样子，我们就应该更加珍惜。"

后来，很多村民也自愿加入捡拾队伍，他们每个人的脖子上都挂着用塑料瓶串成的"项链"，手里提着大大小小的纤维袋，因为把塑料瓶子串联挂在脖子上，可以节省装垃圾的纤维袋，也能够一次性捡拾更多的垃圾。这些脖子上挂着废旧塑料瓶"项链"的人，成了国道边的一道独特风景线。

就这样，在过路人或赞许或不解的声音中，达森和他的伙伴们用自己的方式守护着草原，用自己的行动助力一江清水向东流。

秋加才仁　　本名求夏，青海省玉树藏族自治州玉树人。

一座高岭的回归与守望

◆ 郭黑子

1

塞罕坝，总觉得它离我有点远，路程上、心灵上都曾
这样。

在我的想象中，它除了一地的丛林和绿草，剩下的就是
一段段在我看来非常缥缈的传说。300 年前，它旌旗猎猎，狗
走鹰飞，那是一场狩猎、一场战争，硝烟散去，也曾见尸横遍
野血染沙地；1000 多年前，它曾草长莺飞，千里松林下牧歌
悠悠，有皮衣奚人策马掠过，冷箭射穿了他的胸膛。

古老的日光像铜镜子一样照在吐力根河的水波上，也许
当年契丹人拴马的那丛柳树还在，多少年了，它在日夜蒸腾翻
滚的水汽中化作了云雾，化作了云雾中谁的情影，随风回到了
它草原深处的故乡。

我是个有点愚钝的后来者。当夜晚来临，站在塞罕坝的
旷地里，我才发现自己竟然是一个离月亮很近的人，看得见它

的肌肤，听得见它的呼吸，幸运感和亲近感油然而生。我觉得自己好像曾经无数次地从这里穿过，也曾站在这高岭上苦等过一个人。

但无论是奚人、契丹人、满人，还是高丽人或者蒙古人，他们的家园都已遥远了，或许早已荒芜成了草地滩涂或者湖泊。

古老的塞罕坝只剩下了风，疯狂的风，温柔的风，凛冽的风，肆虐的风。风是塞罕坝的四季，它从每一个人的枕边和耳畔掠过，白羊、黑牛、赤马，袅袅的炊烟，甚至每一株草、每一棵树，每一滴雨露和白云，都是这风下无主而又无助的枯叶。

它们几乎埋葬了人类的一切过往。

2

塞罕坝在黑山白水中长久地挺立着，风吹雨打总是面色不改，它脚踏坚实的土地，俯瞰京畿重地，仰望北方湛蓝的天空，就像一个骑在高头大马上的年轻的牧人，守望着冀北高地上这葱茏的大树、姹紫嫣红的鲜花和肥沃的草地。

吐力根河是塞罕坝不息的血脉，百灵鸟的啁啾是它的牧歌，它的外衣上缀满了各色草茎和花朵。

从塞罕塔下的五间房到马蹄坑，从马蹄坑到红松洼，披星戴月，我让自己像微风一样地经过，我满含深情地抚摸所能抚摸到的每一棵树，我拥抱它们，我把耳朵贴近它们的根系，我听到了树的呼吸，听到了土地的私语，听到了塞罕坝成长的脚步声。

根系也在长大。如果它不长大，哪会有那么高大的树？它用自己细微的力量，坚韧而耐心地向着四周的土壤慢慢地伸展过去，它让野兽、青草和鲜花在自己的躯体上发芽，让它们破土而出，让它们疯狂地生长，让它们欢天喜地，蓬蓬勃勃。

树有邻，便不孤。

从理解到深爱，需要一段漫长的时间，为了一个塞罕坝，许多人花费了一生的力气，还献上了青春和儿女。

站在塞罕坝的树林里，我有一种深陷其中的感受，无数的根系连接起来了，它们把自己编成了一张肉眼永远也无法看到的网——许多生命攀结在一起的网。

我困顿，但就在这困顿里，我听到了劳动者的号子，听到了奋进者的呐喊，也听到了无数条暗河涌动的声响。

蚯蚓逃向了黑暗深处的避难所，蚂蚁跑出了它留恋的暖巢，我觉得自己正在变成一棵即将开花的树，我的骨头在拔节，咔吧咔吧，我的成长在发出令人迷醉的脆响。

3

蓝色的天空永远愿意和辽阔的大地对视。

月亮湖、七星湖、泰丰湖……这些和吐力根河血脉相连的水，是塞罕坝的"灵根"，它们在水草的摇摆中波光粼粼。

我想到了塞罕坝近乎绝迹的细鳞鱼，它正从一场关于逃难的噩梦中醒来，它已经悄悄地回到了吐力根河庞大的水系里，就像一个少小离家的游子又回到了他久别的故乡。

我不知道它是否也像我一样，会看到塞罕坝这璀璨的夜空，看到这璀璨夜空中的星光闪耀。

那是一片多么广阔的海啊，它是如此地深邃和寂寥。

一束烟花从塞罕坝的小城里升腾而起，"啪"的一声，在天空的寂寥处炸出一个五彩明亮的小洞，紧接着又有无数的烟花尾随而来，以至整个塞罕坝的天空仿佛都被激情给点燃了。

我看到人们从各自的屋子里涌出来，他们用天南地北的口音交流，他们的手在一句句号令的呼唤声中不自觉地拉在了一起，他们大方地在璀璨的星空下热情舞蹈，大声歌唱……

塞罕坝的夜一下子就醉了。

只有细鳞鱼还醒着，它是寂寞的种子，它喜欢谦逊地活着，它不理解也经不住人类的快乐，它在水面上翻了个身，尾巴溅起的水泡还没有破裂，就已经又回到了深深的水底。

整个森林肃穆地站着，无声无息，这些可爱的人类啊，烟花过后还不想散去，他们三三两两地走入灯火阑珊的街道，那是一条比塞罕坝年轻的街道，烤肉和啤酒的味道在空气中恣意弥漫，让人不知疲倦。

没了烟花的照耀，天空变得更加冷峻，看上去，它是那么高远而神秘。

在塞罕坝星光的暗影中，我看到一个人，他独自站在马蹄坑的林海里，他手拄木杖，双脚开立，就像一位刚刚劳作归来的老农，虽然还在盛夏，霜雪却洒满了他的双肩和额头，在他平静的面目上，我听到了拖拉机在轰鸣，我看到了热血在流动；在他如海的眼底里，我看到了一群人，他们食不果腹，却在挥汗如雨地劳动，他们衣衫褴褛，却个个精神饱满……

他动了一下。他并拢了双腿，把拄着木杖的手和另一只手叠加在胸口，他抬头仰望星空，和深水中的细鳞鱼一样，他的思想深深地陷入了自己的憧憬里。

4

在天和地之间，柳蓝和飞燕草格外醒目，它们温婉得如待阁的新娘，它们以最柔美的姿态，摇曳在塞罕坝的松林里和草甸上。

油菜花装点过塞罕坝金黄的岁月，它总是气势磅礴，一黄一大片，随风招摇，像另一片荡漾的海。可惜如今的塞罕坝已经没有了太多的土地留给它们，它们知趣地退出了草地。金莲花是塞罕坝最靓的"铭牌"，养眼润肺，去火生津，此时，它们也随风低下了高傲的头，心甘情愿地为如画的飞燕草们做了娇娆的伴娘。

塞罕坝的主角永远是树，落叶松、樟子松、云杉、油松……塞罕坝是松树的海洋。据说，如果把这些树十二棵一排地连接起来，它们可以把地球给绕上一圈："地球卫士"，真的不是浪得虚名！

但塞罕坝的树是谦逊的，它们给其他生命留下了许多生存和生长的空间。它们接纳了人类的赞美，接纳了云和水，接纳了飞禽走兽，接纳了鲜花和草地。

和柳兰们相比，蒲公英贴着地皮生长。地榆略显高大，珍珠白和胭脂红零零星星地散布在森林的角角落落。狼毒花红白相间，野黄芩紫盈盈。还有干枝梅，是这塞罕坝特有的奇花，五色变幻、四季不谢……

塞罕坝的花样儿和它头顶的繁星一样多，数也数不清。

但有谁知道它们也曾一度被塞罕坝的千里戈壁所摒弃？

的确，这都是几百年前就开过的花，它们的祖先漂泊在内蒙古大草原，在燕山山脉，在黑龙江，在白山黑水里……好在它们的梦一直都在，它们的种子也一直都在，生生不息。如今它们携手并肩地重返塞罕坝，它们把自己的美丽开在塞罕坝的蓝天之下，把自己的倩影画在塞罕坝的白云上，装点着它的英俊和伟岸，引蜂忙蝶舞，让歌者歌，让唱者唱。

5

在坎坷的人生历程中，怎么会有阳春白雪？

当然塞罕坝也绝不是下里巴人，它是一位万里回归的故人，是一双双普通人的手捧起来的精神和信仰。

从"千里松林"到"千里戈壁"再到"万顷林海"，塞罕坝的故事又有几人能讲？

乌兰布统的浑善达克沙地还在，被称为"英雄树"的一棵松还在，它们站在塞罕坝高大的身躯之上隔河相望。

星光璀璨，天空一如既往地深邃而辽阔，没有钟鸣鼎食，没有晨钟暮鼓，在这个无人知晓的日子里，我和塞罕坝的松树们一起站在它的云雾里。

郭黑子　原名郭电申。河北承德市围场县人，承德市写作协会会员。1998年开始发表作品，在《解放军后勤文艺》《青春》《当代人》《散文百家》《热河》《承德日报》《承德晚报》等报刊发表散文作品数十篇。编有散文随笔集《生命绝唱》，有作品入选"热河丛书"之《热河散文精选》，2016年出版文化作品集《做最好的自己》，散文《塞罕坝植绿记》获中国林业文学艺术工作者联合会主办的生态文学征文活动优秀奖。

爱一条河，请靠近她

◆ 胡笑兰

　　我来深圳，始于 2002 年。我感受这个滨海城市的飞跃，感受她的城市文明，感受无数的岭南风情。这令我激动不已，给了我无穷无尽的创作灵感。我没想到的是，我往后的生活会和一条河有关联，并深深地沉迷于这条河。

　　这条河离我所在的工厂并不远。傍晚，阳光收了锋芒，海风也吹了过来，燥热化出几丝凉爽。我想，去那里走走吧。

　　这是我第一次真正地和茅洲河近距离接触。我下到幽深的河坝子，河坝子不时见着方形的窨井，我想那应该是下水道的出口。浑黄的水翻着白沫，不断地从窨井里面流出来，流进河床。站在河边，我看见的是浑浊，闻到的是恶臭。那股呛人的气味，直入鼻腔。我与这条河流默默对视，那浑黄不仅让我窒息，也让这条河流窒息，她流不动了。我似乎听见她的叹息，羸弱、悲伤又无奈的叹息。

　　我落荒而逃，有很长一段时间，再没去那里。工业革命带来了城市的繁荣，也留下了一些痛点。茅洲河就是一块"疮疤"，是深圳雍容华贵的脸上一道刺眼的疮疤。

　　一天，我站在工厂办公室的三楼窗口，眺望不远处的一块地，发现机器、工棚、工人突然就竖起驻扎的大营，让工业区的隔壁热闹了许多。挖掘机、黄土车进进出出，河堤渐次高阔舒展，移花接木正忙……

　　又要有大楼拔地而起了？在这寸土寸金的深圳，没有一块空闲的地，大概是哪块地又入了哪个开发商的眼。我如是想。

　　间或，我从三楼的窗口望过去，工地上都有机器的喧响、工人忙活的身影。一年过去了，只是我总不见有楼宇升起来——哦，这地基绝对夯实！

　　"咦！"那约略几万平方米的水泥基台呈给我厚重、坚硬的脸盘。那上面又建起一座座圆顶塔样的建筑，或大或小，或高或低，相依相偎在绒毯似的绿草地上。奶白映衬着墨绿，远看像极了蒙古草原和草原上的毡房。一旁的长廊也是奶白色的穹顶、奶白色的柱子。宽深方正的水池上，一排排钢管排列有序……

　　是水塔？是污水处理厂？颇具匠心的建筑让我胡思乱想着。

　　傍晚散步时分，我从已经竣工的工地上得到了答案。它是深圳市海绵城市建设项目水质净化二期工程——深圳市光明区污水处理厂，于2017年拉开建设的序幕，现在正式通水运行了。

茅洲河的整治工程还远不止这些。

在 2018 年 9 月深圳市开始的黑臭水体整治"百日大会战"中，全市投入水污染治理项目的施工人员超 6 万人，逾 1.3 万台设备在茅洲河中上游段——松岗水质净化厂运转。在茅洲河，中国建设综合整治能力的优势与魄力又一次得到了最好的展示。

保护河湖就是保护我们的生命之源。撕掉旧标签的茅洲河，建起了富有弹性的跑道，水清岸绿、鱼翔浅底、休闲泛舟……成功撩拨无数人的心。

是受到了感应吗？茅洲河的发源地——阳台山，向自己的孩子敞开心扉，又用汩汩乳汁把她滋养。甘泉奔流。河面宽了，河一直伸展，伸展，爬上了两岸的土堤。这种变化是微妙的，有一天，我驾车从桥上过，茅洲河的河床宽了，水清了，有的河段水流浩浩荡荡，有的河段水流清清浅浅。河畔的植物也蓬勃起来了。河中不时看见一些小沙洲，河面芒草摇曳，河岸芭茅草葳蕤成势。哦，真有"茅洲河"的意思了！

我感觉着茅洲河一点点在变化，越来越美妙的变化。

向晚的霞光橘红绛紫，给西天涂抹了无边的明媚，伶仃洋吹过来的海风温柔地拂过面颊，也是咸凉的。就算是暑热天，深圳的早晚还是舒服的，我更愿意在这时候去茅洲河散步。除了我，越来越多的人喜欢流连于此。

深圳简直是植物们的天堂。这不，去年年底才种的草坪，当初像一方方棋盘，互不搭界，转脸已联袂成毯，毛茸茸、绿油油的，发散着诱人的光泽与草木的清香。拍张照片吧，红衣绿地陪衬出鲜亮，还有一脸灿烂的笑，连镜头里的蓝天也晕染了迷醉的绿。

细心观察，会发现很多植物花朵被安排在茅洲河畔。夏威夷的棕榈树在这里长得绿油油的。原产于非洲的马缨丹，每一朵小花初开时是鲜艳的黄，逐渐变成橙红，直至深红。开着紫色小花的香彩雀，开着黄色小花的过路黄，开着蓝色小花的饭包草，开着红色小花的车轴草……簕杜鹃一簇簇、一块块，娇小可爱，花色明艳，无一例外耐得高温，是花界的优秀者，一年四季花开不断，装点着茅洲河。

夹岸的绿堤上，精致的草木花树，一路铺天盖地。一人多高，随性而长的芒也风姿绰约，透着野性。芒也，又叫芭茅草，一种很接地气的植物，生命力顽强，成片地生长。茅洲河清浅处的河道也会有它密实的身影，像一个个袖珍版的沙洲。政府大力度治理水质，芭茅固本清源，保持水土，这一切使得原本黑污的河水变得清澈透明。河水轻轻地抚摸着它们，温柔地从它们身旁流过。

沿着河流的走向，慢慢走。水花荡漾，不时有银练闪动，泛起一连串的水泡泡，如同珍珠脱线一般，撒在回旋的水面上。罗非鱼真多，还有几拃长的鲶鱼、黑鱼浮出水面，露出青色的脊，快活地在水里游来游去。

河道不时有跳岩出现，那里是人流汇集最多的地方。有下学的孩童，在跳岩上蹦蹦哒哒，在清浅的河里捉鱼玩。

石头旁边，鹅卵石缝隙，泥鳅多到都能看见。就见孩子们一弯腰，一抬身，手在石缝里倒腾几下，一条泥鳅便在掌中了。

茅洲河畔，草坪上、树丛里、跑道上都晃悠着人。南腔北调，粤语湘音，吴侬软语……你在这里能听到各种方言。这，也是深圳的况味了。

茅洲河也有浩浩荡荡的时候。一场暴雨，水面变宽，河水一下子变得浑黄而湍急。所谓弄潮，鱼儿们也是。水的落差处，就见鱼儿闹腾不息，迎着奔腾的水流前仆后继。它们迎着水往上游，扎堆地游，头碰头，尾交尾，密密麻麻一片。"哗哗"，水声密集，奔跑的河水让它们兴奋，它们便以跳跃来表达那种兴奋。一瞬间，我的面前有无数条"飞鱼"，昂扬的头，摇摆的尾鳍，片片鱼鳞在阳光下忽闪忽闪的。鱼的乍见之欢与久处不厌，在这一刻体现得淋漓尽致。

我一下子被它们感染，这样的画面太美了，也太熟悉了，但我好像已经很久没有和这样的热烈相遇了。

我把目光投向远处，思想抵达遥不可及的空灵。我看见茅洲河从阳台山，从石岩湖，从洋涌河，从大陂河，甚至从鹅颈水，从东南流到西北，途经众多的村落，与众多的支流汇合，终入东宝河。她曾经经历过一些痛苦，但此刻她是轻灵的，珠海口以她温柔宏阔的胸膛接纳着她。

生命原本就该是这样的呀。人类赖以生存的大地之上，河流是大地的毛细血管。清流婉转、清澈干净的水滋润了万物，生命才能如此灵动欢欣。这是自然的回归，是生命之水的苏醒。

胡笑兰　中国散文学会会员，广东省作家协会会员、安徽省作家协会会员。文字散见于《人民日报》《北京文学》《天津文学》《红豆》《厦门文学》《青春》《海燕》《牡丹》《散文百家》《散文选刊》《解放日报》《文汇报》《生活周刊》等报刊。获《人民文学》征文奖、广东省"华夏杯"征文二等奖等。著有散文集《拾花记》。

追风的人

◆ 张　张

这里，不禁让人想起"大风起兮云飞扬"的诗句；而这里，却又是"地上不长草，风吹石头跑，一年一场风，从春刮到冬"的不毛之地。这里，不是别处，正是新疆鄯善县至哈密市段最著名的百里风区。

百里风区，风吹百里。风区位于兰新铁路红旗坎站至了墩站全长 123 公里的区间，这个区间一年有 320 多天都在刮 8 级以上的大风，12 级的风说来就来，说刮就刮。然而，就是这样一个风魔狂舞、人迹罕至的无人之境，却在 2015 年建起了总装机容量为 98 兆瓦，40 台 GW 82-1500、GW109-2500 的风力发电机组，且在 2021 年实现发电量 19931 万千瓦·时，成为周边区域第一的风力发电场——新疆嘉泽鄯善东风电场。

这个风电场，说大不大，说小不小。说大是因为这里有 40 台风力发电机组，占地 192 亩。说小是因为在这个巨大的风力发电机群中，有一排不起眼的白房子，占地不过 2 亩，但这排不起眼的房子，却是整个风电场的"大脑中枢"，在这里驻守着 20 名来自全国各地的"风电人"。

一

"6 年前，这里除了风和石头，连个鬼影也没有……"说起建场之初，场长张耀昌那黑铜色的脸上仍显余悸，至今他仍不敢相信，在百里风区能建成风电场。

张耀昌来自宁夏，是新疆嘉泽鄯善风电场的元老之一，也是风电场的现任场长。这个 1972 年生的黑汉子，会让人不禁想起邻家大叔。2015 年年初，张耀昌受金风总公司委派，率队来到鄯善县负责新疆嘉泽鄯善东风电场项目建设。然而，当他满怀信心来到这片土地时，眼前的情景却让这个久经"风场"的汉子心中一沉——眼前是一望无际"风吹石头跑"的戈壁荒滩。

"这儿的风源好是好，但就是这样的风，恐怕以后连上个厕所都会被石子打成重伤……"

"这是实话，如果能在这个地方建风电场，简直是人间奇迹……"

见此情景，跟张耀昌一道来的几个同事打起了退堂鼓。

彼时的张耀昌心里也没底，虽说他也参与建设过许多风电场项目，像高原、沼泽、沙漠等，但眼前的这种环境，他还是第一次碰到。可是他又不能退缩。总公司派他来就是要他在这里完成不可能完成的风电事业的。他心里十分清楚，党和国家为啥越来越重视新能源发电，这是在算一笔账：发展风力发电产业，就是要还老百姓一片朗朗的蓝天和洁净的空气。风力发 1 度电能节约 308 克煤，100 度电就能节约 3080 克煤，进而减少 20 多克 $PM_{2.5}$……如果风力发电 1000 度、10000 度呢？

"再难也要干！"下定决心后，张耀昌带着同事和施工队便开始进行风电场的风力机组、集电线路和升压站设施的建设。然而，建设中也是困难重重。困难，当然来自无时无刻不在刮的风。在百里风区，一、二月里的风，是全年大风的先头部队，是风的"舌头"，这"舌头"任性，随心所欲，想啥时候刮就啥时候刮，想刮多大就刮多大。

任性的风着实影响施工进度，就拿吊装风力发电机上的一片风叶来说，一片风叶有八九吨重，相当于四五台小轿车的重量，吊机在吊装时，叶片时常被吹得东摆西荡，甚至还会出现倾倒的危险。每每遇到这种情况，张耀昌和所有施工人员只能望风兴叹，停下来等，但这种等又没个时间点，有时要等一个上午，甚至一两天。所以，吊装完成整个风力机组所耗费的时间就可想而知了。

任性的风影响的并不仅限于施工，它几乎是无处不在。风电场距离有人烟的地方较远，张耀昌和所有施工人员只得在施工现场搭起帐篷和板房。每每遇到突如其来的大风，等他们赶回驻地时，不是板房被吹歪了，就是帐篷被吹得不知去向，帐篷里的锅碗瓢盆、被褥枕头，能被风吹得漫山遍野。后来，张耀昌他们只能效仿当年兵团拓荒的办法挖起地窝子，才免受"风"扰。

2015 年年底，当风电场建成后，张耀昌看着一排排如同自己亲手抚养大的孩子的风力发电机组，看着线路顺利接入升压站，看着风力发电机像风车一样旋转，他咬了一下自己的手背，感觉到疼了，才觉得这一切都不是梦，他的眼眶瞬间湿润了。

二

"这里的每个风电宝贝都有脾气，它们就像一个个孩子，谁的脾气大，谁的脾气小，这我都知道。"电场的值长隋建洋，喜欢把电场里的风电机叫作"风电宝贝"，他每天的工作是把每台输变电设备运行情况巡视一遍，像设备在大负荷情况下，出现的温度异常、声音异常、电压电流突变、风机水冷系统异常等常见故障怎样排除，他都如数家珍。

隋建洋，1989 年生人，高个子，双眼皮，是个阳光帅气的北疆小伙子。他的老家在博州精河县，在来风电场上班的第三年，经家里人介绍，娶了同是精河县的姑娘为妻。婚后妻子为了能和隋建洋经常团聚，不远千里从精河县考到了鄯善县的一所学校当老师，但即便是这样，小两口也是聚少离多。

"我是风电场的技术骨干，40 个风电机组就像 40 个孩子，我放心不下，所以很少回家，为此我媳妇没少埋怨我，可这也没办法啊，在风电这行有句话，要风电就不要家，要家就不要风电，我既然干了这个，就已经做好了不能回家的准备，而且，说心里话，很多时候我只有睡在电场，心里才踏实。"

隋建洋的这些话并不是空话，让他记忆犹新的是 2020 年 7 月那次可怕的山洪。那次山洪来得并没有征兆。那个下午，夕阳像一颗大橙子挂在西边的地平线上，隋建洋像往常一样巡完发电机组回到办公区，准备和同事交接，因为第二天该他轮休，他想收拾收拾，第二天一早便回家，然而，夜幕降临后，一道突如其来的闪电撕破天空，不一会儿，狂风夹杂着雨点，像石子儿一样向地面砸下来。

遇到大风、大雨、大雪之类的恶劣天气，风电场除了应急队的人员会到现场进行外业巡视，其他员工都是枕戈待旦、和衣而眠的，这是一种习惯，因为所有人都怕夜里会出现突发状况。那晚，隋建洋连鞋也没敢脱，和衣而卧，他甚至没敢闭眼，一直听着屋外的风雨打在外墙上的声音，默默祈祷着风雨早些过去。

"这儿是戈壁荒漠地带，水土保持能力差，风雨这么大，如果照这样下去，肯定要发洪水。"半夜三点了，窗外的雨并没有停下来的意思，隋建洋彻底躺不住了，一骨碌从床上爬起来，三两步奔出宿舍。让他没想到的是，那时办公大厅里已经聚满了人，每个人都紧张地看着门外的雨，所有人都跟他一样，担心着那些"风电宝贝"。

凌晨五点左右，山洪从山上漫下来。先头的山洪只是慢悠悠的，像一群行动迟缓的羊群。可不大一会儿，大山洪便像野牛群迁徙一样，滚滚而来，势不可当。洪水到达风电场范围时，隋建洋正和几个同事一起挖疏洪渠。他在场长张耀昌的安排下带领一个组负责场区西线、地势较低的几个风电机的疏洪，他们拿着十字镐、铁锨挖排水沟，山洪到了脚底下了，才拎着工具往地势高的地方跑。

"当时，我们几个坐在沙梁上，看着山洪像沸腾的粥一样从我们脚下流过去，我们几个人你看看我我看看你，大家都像落汤鸡，浑身上下都湿透了，我把鞋脱掉，竟能从鞋壳里倒出水来。早上天有点冷，我们就你靠着我我靠着你，相互取暖，希望洪水早点过去。"那次山洪在隋建洋的记忆里刻下了深深的烙印，以至现在说起来，仍能从他目光中读出惊惧。那次山洪也造成了风电场9台风电机组受到不同程度的冲击，6条场区道路被冲毁。

洪水过后，风电场进入灾后修复期，修路，检查风电机组、升压站，办理保险理赔等等，需要干的工作很多。那时，风电场的所有人在岗，没有一个人因为家里的事请假、轮休、开小差，所有人心里都清楚，越是这个时候，越不能离开风电场。谁也没有想到，这一干就是半年。半年后，隋建洋休假回家，终于见到阔别已久的妻子和孩子，然而，当他把女儿拥入怀里时，女儿却把他像陌生人一样狠狠推开，还哭着告诉妻子："妈妈，我不要叔叔抱！"那一刻，隋建洋的心都要碎了……

三

"我来风电场就是来打破风电场不适合女孩子的传说的。"韩青兰是风电场的运行副值长，也是风电场里唯一的"风电女神"，被同事称为"除风机外的第二宝贝"。

韩青兰，1995年生人，来自新疆哈密，留一头学生发，戴一副宽边眼镜，看上去特别文静、特别淑女，实际上她性格非常开朗，待人接物也落落大方，有股子戏文里唱的"谁说女子不如男"的劲头，用她自己的话说，她就是个"女汉子"。

在风电行业，女生是极为罕见的，因为风电行业需要常年驻守在戈壁荒漠、独自面对荒凉，又考虑到身体、工作强度、生活等特点，很少招收女员工，但在韩青兰看来，"这都不是事"。每天，她跟场里的其他男同事一样早早上工，忙到很晚才回。她爬过20多层高的塔筒，在零下20多度的严寒天气下巡过线……

"怕风就做不了风电人……"郭雄斌、陈文阳、余国雄、马永健是风电场的风机维修工程师，来自五湖四海，最远的家在甘肃。他们是风电场的"医生"，日常工作就是负责场区里40台风电机组的"体检"，身上常带的几大件：滑块、双钩、安全绳、安全帽，春夏秋冬穿梭在密闭的塔筒之间。平均下来，他们每人每天要检修两到三台风电机组，每检修一台平均要三四个小时，有时遇到攻坚作业，在风机上一待就是七八个小时，午饭都是靠吊装设备吊上去……

每天很累很辛苦，这些他们都能克服，让他们感到害怕的，就是遇到当天的风跟预测的不一样。有时风来得突然，很多次，他们正在 80 多米高的风机顶上作业，忽然风就来了，他们每个人都好像风筝一样，在风机顶上随风摇晃，如果换成一般的人，能吓个半死。

如今，一排排高大的风力发电机耸立在百里风区，当一片片巨大的风叶迎风旋转，当它们像风的捕手一样，把一阵阵风化成一度度电的时候，是否会有人想到在它们的脚下，有那么一群风电人，他们与戈壁为舞，与荒凉为伴，千里追风，只为守护万家灯火？

张　张　本名张甫军，新疆作家协会会员，作品见于《吐鲁番》《新疆日报·宝地》《西部》《湖南文学》《湘江文艺》《视野》《天池小小说》《中国纪检监察报·文苑》《中国民族报·文萃》等报刊。中短篇小说集《白泽》入选 2022 年度新疆维吾尔自治区文艺扶持激励资金项目。

采风作品

辽宁篇

（排名不分先后）

沙之歌
——天辽地宁彰武沙

◆ 刘兆林

简单得只有七个笔画的"沙"字，经再三推敲，于 2019 年 9 月被郑重添加到"草"字后面！于是，"绿水青山就是金山银山"理念更加深入民心："要统筹山水林田湖草沙系统治理，实施好生态保护修复工程，加大生态系统保护力度，提升生态系统稳定性和可持续性。"

为何"沙"字会进入生态系统治理的视野？我学习着，领悟着。2022 年金秋时节，我有幸参加由生态环境部、中国作家协会联合组织的"大地文心"生态文学作家采风辽宁行活动，前往辽宁省阜新市彰武县，深刻感受到了"沙"到底是怎样的存在。

在天辽地阔的彰武绿土地上，"沙"格外温柔地接待了我们，我眼中不由自主盈满泪水，笔端也禁不住流出了此篇沙之歌。

壹　沙原新绿

　　彰武地处辽西 800 里的沙原南端，与内蒙古科尔沁沙地相接，是蒙古高原与辽河平原的交错带，是典型的生态脆弱区、国家一级生态敏感区，也是东北老工业基地的生态安全屏障，但其沙化土地曾占县域总面积的 96%，是辽宁省最大的风沙区。

　　而如今的彰武之沙，经新中国一代又一代人不怕辛苦，尤其近 10 年来的科学治理，80% 已变为"正能量"—静静地"安置"于树、草和土下，与一位葬于沙下的八路军抗日老战士—刘斌，相互厮守着，再也不能"轻举妄动"了。

　　彰武全县人都知道刘斌是谁。刘斌是一名副师级军转干部，在辽西义县任过几年县长。当年东北人民政府号召大规模营造东北西部防护林，时任县长的刘斌，举家搬至彰武县章古台镇，甘当刚组建的新中国第一个治沙研究所所长。大家对此不理解，他说，我就不信，治沙比抗战还难？

　　党组织理解他，让他在固沙造林研究所挂了帅印。副所长是林业科研方面的知识分子。党组织安排他任县政协主席，但刘斌认为，这会让他对治沙造林工作分心，只肯接受县政协委员的身份，全身心地造林治沙。

　　刘斌 50 多年的革命生涯，其中 30 多年都献给了造林治沙。鞠躬尽瘁，死而后已。他去世后，按他的遗嘱，党组织把他葬在他指挥建造的固沙林海中，墓碑立于松林绿色通道旁。

他的重孙女刘莹，大学毕业后主动要求回乡到治沙学校当老师。她常常对远道而来拜谒刘斌的人讲述太爷爷不愿当大官，矢志不渝造林治沙的故事。刘莹也常念叨："太爷呀，您放心吧，咱彰武全县，咱章古台全乡镇，沙地都变绿洲了。"

如今，以刘斌为代表的彰武治沙精神已形成文化，在彰武根深蒂固了。

延续彰武治沙精神的，还有地处偏僻的沙漠腹地，被称为"沙窝子"的阿尔乡北甸子村村书记董福财。曾经有工作组调研后，得出村里不适合人居住的结论，建议整村搬迁。但是，一把年纪的董福财却不肯服输。

这位有志气的党支部书记，铆足了劲儿要和风沙干几个回合再说。这一干就上瘾了，每年春天他都要带领全村抢时抢栽抢种草木40多天。而这一时段，正与种地时间冲突。没有别的办法，只有豁出命去干。

栽树时，必须按时将树坑一个个挖好，把好土一坑坑换上，把树苗一棵棵栽妥，还要一桶桶挑水把树根浇透，再趁湿把树栽深、栽实，直到用力拔都纹丝不动才行。

倔强的董福财与每个责任人签字画押，稍有松动的，必须拔出来重栽不可。有人曾开玩笑称他为"沙书记"，他说，谁咋讽刺我不管，但你栽的树让我拔动了肯定不行！

侯贵也是彰武治沙精神的代表。1951年出生、已70岁出头的老共产党人侯贵，10多年来，在科尔沁沙地植树造林

2400亩，生生让寸草不生的沙丘多出一片绿洲。他有句让人听一次就无法忘记的话："有生之年，我不下山！"

董福财也有句令我泪目的话：只要我不死，就和大伙儿去种树！

须知，他们都已是几乎和共和国同龄的第一代、第二代治沙人啦！

第三代治沙人中，青年退伍军人李东魁是优秀代表。他摘掉领章帽徽后，一身草绿军装没舍得脱，就到章古台林场阿尔乡护林点当了护林员。他当的是步兵，做护林人员，却必须每天骑马巡逻13个小时。林中只有一顶雨布帐篷，床上、枕上每天一层沙尘，多苦多累可想而知。

但李东魁却不怨天不尤人：大领导刘斌都甘愿沙里来沙里去，我一个步兵战士，当骑兵巡山，也理所应当！所以，他风里、雨里、沙里、雪里多年，不离不弃守护着8500亩樟子松固沙林。

1964年出生的辽宁省固沙造林研究所原所长宋晓东，从技术员做起，在章古台镇扎根工作33年，用知识守护了一片又一片樟子松固沙林。其间，他去美国留学过，回国后又到章古台，风餐露宿，旷日持久地工作，完成了樟子松枯死原因查找及预防技术著作，先后荣获"辽宁好人""最美治沙人"等荣誉称号。

素有"沙都"之称的彰武县，用70余载防沙治沙的历史，完善了辽宁治沙用沙的经验：以树挡沙、以草固沙、以水含沙、以光锁沙、以工用沙的五大理念已经形成。尤为可喜的是，以光锁沙（光纤太阳能金属发电板）、以工用沙（把作乱恶沙转化为工业用沙）的新思路，提升了乡村发展的经济效益，已成为沙洲彰武的振兴新宝。彰武沙漠绿化新面貌，被纳入全国标识"祖国大好河山、风景名胜、新时代生态文明成果"的"新千里江山图"。

贰　歌词写在沙海上

彰武草原传唱的《我在德力格尔草原等你》，作者竟然是阜新市林业草原局局长段文刚。

人们经常提起他，不仅因为他是这首歌的作者，更因他与彰武草原的绿、德力格尔湖水的清、彰武人由贫致富的乐息息相关。

"迎风踏雪大黑山，严寒逼泪两峰间，疮痍偶见青松立，何日家山秀新衫。"这是段文刚 2017 年年初赴任彰武县大德镇的第一天，登上大黑山顶脱口吟出的诗。诗中充满他对这个人称"兔子都不去拉屎的破地方"的急切改造心情——全镇一半以上的土地，连山岭也多半沙化，甚至有的农田、道路、村子也被白沙掩头遮脚了。

空说又有什么用？他去了趟焦裕禄任过县委书记的河南省兰考县，还顺便到凿山引水的红旗渠看了看。然后他就组织党员、干部，带领全镇群众走进沙漠、荒山，开始了大规模的植树造林。

那是 2017 年初春，全镇规划植树造林 6300 亩，但没资金购买树苗。他亲率全镇所有干部，趁春季四处出击撸榆钱做树种，再赶雨季上山日夜抢种，头一年就播种了 500 余亩。

紧接着，2017 年 11 月，全镇 300 多名党员开展冬季造林会战，栽植元宝枫 500 亩。第二年春天，一株株榆苗、枫苗就在德力格尔黄色的天地间吐枝展叶啦！

干涸沙地的片片新绿，给德力格尔带来了希望。2018 年 4 月，彰武县委趁势决定，启动实施大德镇神仙洞山区域沙漠生态治理工程，打造彰武生态草原保护实验区。段文刚立即组织落实县委决策。

其中，最难啃的硬骨头，在沙地流转。

因为大德镇沙化的土地特别适合种植花生，花生也是群众重要的经济来源之一，可种植花生会加重土地的沙化程度。

在"眼前亏"和"长远利"的矛盾面前，必须舍小奔大。段文刚没靠写抒情诗给群众念，而是广泛走访有影响力的人物，反复耐心地动员他们从长远利益着想，终于让群众放下了自己的碎芝麻账，采用反包倒租的形式，以每亩每年不足 200 元的价格流转了 7643 亩沙地，率先写出彰武沙化土地治理的头篇大作，为后续彰武草原建设提供了经验。

最终，草原生态恢复工程涉及的 4 个乡镇、13 个自然村，全部平稳完成了土地流转。

然而，沙化治理最难的是在沙地上种草，尤其是风口地带，人工播种的草籽刚萌芽就会被风刮走。地表沙层浇水不到三天又是白花花一片沙。太阳暴晒时，地表高温如火，草苗露头即枯。

段文刚性格中没有怕难的基因。依托 20 世纪 50 年代彰武首创的"人工沙障"治沙法，段文刚带领团队确定了 2 米见方单体草方格固沙方案，党员干部带头扎进草原项目区。干部和群众自愿组成互助组，摸索着打开了一块块草方格。为保证成活率，党员干部带头冒雨进山抢播草种，一身湿、满脚泥地干，身边的干部群众备受感动，连天整月地跟着干。

草方格周边出现了稀稀拉拉的新苗，段文刚马上指挥安排喷灌降水增墒。新苗连成一片了，他又亲临现场督促施肥助长，直到月余新草长满一个个方格。

他又写下了一首诗——《永不退缩的草方格》，也被谱成了曲："你从梦里默默走过，牛羊徜徉洁白云朵，无限爱恋坚定执着，我把声声牧歌唱进你心窝……"

如何在建设生态草原的同时，释放最大的生态效益、取得最实在的经济效益？段文刚又一头扎进后续产业如何发展的课题：要让群众在享受生态效益的同时，实现致富！段文刚琢磨，彰武草原要实现生态效益，必须把外人吸引过来，必须打造有魅力的旅游景区。于是，当地政府谋划了德力格尔草原风景区，一片烂泥潭变成了一片水草丰美、景色宜人的国家 3A 级风景区，而后又推动打造了半拉山、德阁山、那古山等系列景点，建设特色民俗屋、农家院……发展全域旅游，有力地推动了当地经济发展。

今天的彰武草原已声名远扬，但段文刚仍没有停下探索的脚步，他把弘扬彰武治沙精神作为一项重要任务，亲自当讲师、当宣传员，兼做党课教员、义务讲解员、导游员……更广泛地传播着彰武积累的治沙经验与精神。

天辽地宁彰武沙。这首沙之歌，飞出了东北，飞向了全国，回荡在960多万平方公里的土地上。

刘兆林　男，汉族，黑龙江巴彦人。现任辽宁省作家协会名誉主席，辽宁省文联副主席，辽宁省政协文史和学习宣传委员会副主任。中国作家协会主席团委员，一级作家。发表各类文学作品300余万字，代表作品有长篇小说《不悔录》《绿色青春期》，中篇小说《雪国热闹镇》及散文集《高窗听雪》《和鱼去散步》和《父亲祭》等，先后获全国优秀中篇小说奖、全国优秀短篇小说奖、中国人民解放军文艺奖、中华文学基金会"庄重文文学奖"、东北文学奖等多种重要奖项。获国务院优秀专家特殊津贴，并获"辽宁省优秀专家""辽宁文艺新星""辽宁省德艺双馨中年文艺家"等称号。

辽西走笔（二题）

◆ 徐　迅

万物朝阳生长

对于远古，对于地球的侏罗纪时代，辽西朝阳鸟化石国家地质公园呈现的景象与人类的想象大抵相同。莽莽苍苍的森林，森林里湖泊纵横交错……有水，水里有龙、有鱼、有虾；天空有无数啁啾飞鸟，地上有无数竞相开放的鲜花……朝阳古生物化石充分表明，这块土地曾有着繁华的过往。土地山川、江河湖海、飞禽走兽、花草树木，万物生长靠太阳……有太阳才能朝阳。

朝阳，这个名字本身似乎就是一个隐喻。

还原侏罗纪时代，当然是为了还原地球上那场无以名状的突然降临的灾难。灾难使一切生命在瞬间定格。这就形成了一个巨大的反差。恐龙、狼鳍鱼、虾类、蜻蜓、各种飞鸟等，顷刻间幻化成眼前的化石。由此，朝阳鸟化石国家地质公园带给人的视觉冲击是蛮横的、猛烈的、粗犷的，是震撼的、惊心动魄的。映入眼帘的景象不仅让人眼花缭乱，更让人惊叹生命的茁壮和绽放，似乎就是为了迎接那沉重而毁灭性的一击。

它让人想到"泥沙俱下，鱼龙混杂"这个成语就是因它而生。

在朝阳鸟化石国家地质公园里，我看到无数鱼和虾曾有的美丽游姿，也看到了远古的时光中一只只悠闲的龙鸟……"寐龙"算是一个最为甜美形象的化石了。小小的头骨，长长的后肢，后肢还蜷缩于身下。它弯曲着脖子，前肢像鸟一样折叠着。复原后的"寐龙"全身有浅蓝色的毛发，仿佛一只神态安详的大鸟在假寐……然而，还原生命的本来，动物自私、凶残的基因也暴露无遗。一种名为巨爬兽的哺乳动物，强壮的骨架的上腹部里，还残存着一团鹦鹉嘴龙的骨骼。而一只小兽被另一只恐龙吞食，满洲鳄也有吃同类的化石……还有一块鹦鹉嘴龙化石，一只爬上了另一只的背上，做着交媾状。这或许是一段美好的爱情，也或许是一次不愉快的强迫。

我是愿意相信生命甜美和美好的。比如一朵花开放，在这里就无比美好。在庞杂、华丽而精致的朝阳鸟化石国家地质公园里，我与这朵花有过两次近距离对视的经历。我知道一朵花与大量的古生物化石相比实在是太渺小，渺小得微不足道，但它却是国际古生物界公认的世界迄今最早的被子植物——这种化石，说是花，其实就是一枝类似于花，形似蕨类杈状的枝条。但正因为这朵花，我满心都盛开着花。我甚至不止一次地想，在朝阳，"朝阳花开"是一件多么简单而顺理成章的事……辽宁古果、中华古果，朝阳人说这是世界上第一朵花盛开的地方，并赋予了它们美好的名字。但这依然是一个隐喻，依然没有逃脱"朝阳花开"的比拟。

有花就有鸟，这似乎是自然的生存法则。朝阳鸟化石还在证明，这里是世界上第一只鸟飞起的地方……中华龙鸟、孔子鸟、中国鸟、朝阳会鸟、娇小辽西鸟，这些精美鸟化石，在这块土地上原来是那么真实地生存着，现在还原、复古或者呈现，也依然是真实地存在着。我感觉每一只鸟都在眼前飞翔，凝视它们那张开的嘴，我似乎还听到了这来自远古、来自这片土地上的最古老的语言。

这些鸟儿与花儿一起构成了辽西远古世界的"鸟语花香"。

而现在的辽西大地呢？

凑巧，我们一行人这次正是从离这儿不远的科尔沁沙漠过来的。那里有一个叫彰武的县，风沙曾像一条横空飞舞的黄色孽龙肆虐着，它吞噬农田、牧场，埋没房屋、道路。因此他们把黄沙称为"黄龙"……在朝阳鸟化石国家地质公园里，我看到恐龙的化石，自然就想到了那一条"黄龙"，想到了人类为缚住"黄龙"付出的种种努力——为了紧紧缚住这条"黄龙"，彰武人进行了无数次试验，他们创造并总结出"迎风栽锦鸡儿，落沙栽黄柳，丘顶种胡枝，丘腹差巴嘎，丘脚紫穗槐"的灌木固沙经验。最后，他们选择了一种叫樟子松的松树，培育出了更适宜在这里生存的松树——彰武松。

彰武松的繁育与生长以一种传奇的方式在流传。

1990年，彰武固沙所工程师张树杰在收购樟子松的种球时，发现一位农民卖的种子颗粒大于普通樟子松，于是询问种子的来源。那人告诉他，种子是从四合城林场的一棵松树上采下的。张树杰立即赶到了林场并找到了那棵松树，进行相关的松树繁育研究。然而，繁育出来的二代松树并不稳定，与母树有很大区别。于是他们将攻关方向转向嫁接。自1992年开始，在一位名叫黎承湘的高级工程师的亲自主持下，经过试验、失败、再试验的艰苦探索，彰武人终于创造出一个抗病、抗旱、抗虫、抗风水平都远优于樟子松的新树种，然后，他们在固沙所繁育了300多亩，竟然都成活成松树林了。

彰武松这个新树种由赤松和当地固有的油松天然杂交形成。赤松是科研人员从黑龙江地区引进的抗沙树种。如果没有他们为之牵线，这两个树种几乎没有可能相遇，即便有机会接触，杂交成功的概率也仅有万分之一。

我把思绪从科尔沁沙漠的边缘拉回到朝阳鸟化石国家地质公园，将眼光转移到松柏类化石的身上。据说，在这里发现并研究的松柏类化石达19属32种。当地人说，这里的松柏类化石在热河生物群植物化石中是最多的。比如，密叶松型化石、披针型林德枝化石……我不知道这些松柏类化石与樟子松，以及与后来研发的彰武松有什么关系，但这些松柏化石至少可以说明，这里曾经处于季节性干旱或半干旱的气候，而松柏类树木一直是这块土地上最温暖和最坚硬的植物之一。

由此，我联想到达尔文说的"适者生存"。

英国生物学家理查德·道金斯在《自私的基因》一书里曾说，"达尔文的'适者生存'其实就是稳定者生存这个普遍法则的广义特殊情况。宇宙为稳定的物质所占据"。按照他的说法，大地上的一切动植物都有"生存机器"。他说，动植物的生存机器存在两大分支，每一分支在某一特殊方面"如在海洋里、陆地上、天空中、地下、树上或其他生命体内，取得高人一等的谋生技能。这种分支不断形成的过程，最终带来了今日给人类如此深刻印象的丰富多彩的动植物"。

可见，变或不变，抑或沧海桑田，总有生命朝阳生长。

盘锦的锦绣

在盘锦，我诧异于红海滩的颜色。在我的印象里，红海滩的红，应该是一种稠稠的鲜红，如染坊染缸里的那种红色。那种红浓酽酽的，即便没有汹涌，也会旋起一道或一圈圈旋涡，那种旋涡铺天盖地，从我的眼里一浪一浪转着伸向海边，像是流泄着一摊生命的汁液……当然，也会看到一株株细小的红，正是这无数细小的红，才成就了铺天盖地的红——然而，我没有想到的是，当我走近红海滩，我面前的红草似乎被什么遮蔽着，灰不拉几的，既不热烈，也不澎湃，仿佛富户人家丢弃的一段蒙尘的旧绸缎、一段旧时光。

　　但旁边的绿却依然是纯正的。依然是那种鲜嫩的、苍翠的绿——我说的是芦苇，是与红海滩一路相隔的芦苇荡。便是芦苇荡阻隔了红海滩的红。芦苇的绿仍然是我见到的那种绿，无边无际、无垠无涯的绿，从红海滩相反的方向蔓延，向远方铺展而去。这样的夏天，正是水草丰茂、芦苇葳蕤的时候，若仔细地听，不仅能听到芦苇茁壮拔节的声音，还能听到悠扬的芦笛。相比于红海滩的碱蓬草，我对芦苇是熟悉的。"蒹葭苍苍，白露为霜"，我甚至看见它在《诗经》里被人朗诵的样子，看见秋天银白的芦花在风中漫天飞舞，摇曳出一种黄褐色，就变成了一种天荒地老般的苍黄。芦花似雪，一望无际的芦花开在盘锦的秋天，该是怎样的一种轻盈与飘逸？

　　也许我来的不是时候。当地朋友告诉我，现在不是碱蓬草生长最好的季节。碱蓬草，这里又叫它翅碱蓬，是一年生的藜科植物。虽然它不是什么奇花异卉，但也有"翡翠珊瑚"的美称。翅碱蓬茎叶鲜嫩，成熟时植株火红，就像海滩上奔跑的一束束火焰。它喜欢生长在滨海湿地上，可以直接当盐用。在它还鲜嫩的时候，当地有人把它当野菜剜起，用水再三焯一焯，再晒干收存，就能当成一道菜。而在秋天，翅碱蓬结的籽，也有人把它抖落下来，像炒瓜子一样炒熟，或者磨成粉末……据说在"瓜菜代"的饥饿年代，这嫩芽、籽粒都成了当地人的一种救命的食物。所以人们又叫它"盐荒菜""荒碱菜"，灌满了酸楚的回忆。这样的红色碱蓬草，虽然《诗经》里没有吟哦，却在宋代曾巩的《隆平集·西夏传》里有着记载。

这一红一绿的颜色，就让我的心灵微微震撼了。但在盘锦，在红海滩，我感受到的远不止这两种颜色。这里，冷不丁就能找到几种颜色的集合。且不说蔚蓝色的大海，那样的大海也有黄浪滔天的时候——就是眼前富饶的大地如此，植物如此，动物亦是如此。在这里，出没碱蓬草丛和芦苇荡的有狍子、獾子、山猫以及白鹭、灰鹤、鹰、大雁、百灵鸟等形形色色的动物。我首先看到的是丹顶鹤。丹顶鹤永远都是头顶一抹鲜红，通体白色的羽毛，却生长着黑色的颈和脚，叫谁一见，都知道那是红、白、黑"三位一体"的仙鹤，是人间仙鸟。因为有了翅蓬草，红海滩就成了丹顶鹤驻留栖息的地方。翅蓬草的嫩芽和种子，也就成了丹顶鹤的美味佳肴。当地人说，红海滩早就是丹顶鹤的神圣家园。在红海滩，我们与一群两三个月大的丹顶鹤邂逅，看它们那稚嫩的生命，听它们一声浅浅的鹤鸣，让我们的身心充满无限的祥和。

还有一种颜色和谐的鸟叫黑嘴鸥。黑嘴鸥虽然没有丹顶鹤头顶上的红，却有着人间最纯净的两种颜色——白与黑。它眼睛外围有着一大圈白，仿佛有人故意给它画了个白眼圈。但它的头是黑色的、眼睛是黑色的，甚至那喙也是黑褐色的。当地人形容黑嘴鸥"头戴黑礼帽，身穿燕尾服"，像个绅士，又像一位美丽的舞者。很久以前，黑嘴鸥就在盘锦的红海滩上繁衍生息，沿海的渔民出海，它们成群结队地围着渔船盘旋着，在有雾的大海，还能把迷海的渔船带回港口。所以渔民们尊它为"神鸟"。

但盘锦人真正认识这些神鸟，是在 20 世纪 80 年代末。当时有一支中外鸟类专家组成的考察团，在这里盘桓 100 个日日夜夜，发现这里有 1200 多只黑嘴鸥，竟占全世界总数的 70%。当盘锦人知道红海滩就是黑嘴鸥生命的产房，单一配偶的黑嘴鸥生生世世讲究的也是一夫一妻，并共同繁衍后代时，他们欢呼雀跃，仿佛找到了知音。从此，他们几乎是掀起了保护盘锦黑嘴鸥的运动。正是这种保护，使这里黑嘴鸥的数量现在达到了 1 万多只，栖息种群数量超过 2 万只……他们说，黑嘴鸥白装盈身，但在它展开翅膀或者偶尔搞"小动作"时，那若隐若现地露出的黑羽，宛若一位少女摆动着黑白相间的百褶裙在舞蹈。

黑石油、红海滩、绿芦荡、蓝海洋、青河蟹、金稻米、白色鸟……同行的小说家周建新告诉我，盘锦人正在以盘锦这 7 种颜色，打造自己的"七彩之城"。我听了心里一愣，因为我觉得盘锦的颜色真的不好概括。仅我知道并且尝过的"盘锦大米"的那种白嫩，我就觉得它应是其中最为优秀的白色。色彩，在盘锦实在无以名状……红的翅碱蓬，绿的芦苇，黑嘴鸥的黑与白，丹顶鹤的红黑白，许多植物以及生命的丰富，都造就了这片土地颜色的丰富……这里，不仅有着植物与植物相处的和谐，也有生命与生命相处的和谐，更有颜色与颜色相处的和谐……

因此，我只能说未到盘锦，红海滩是一个传说。到了红海滩，红海滩、芦苇荡都如锦绣。颜色的锦绣、自然的锦绣、生命的锦绣……盘锦本就是一座锦绣之城。

徐　迅　著有小说集《某月某日寻访不遇》，散文集《徐迅散文年编(4卷)》《半堵墙》《在水底思想》《响水在溪——名家散文自选集》《春天乘着马车来了》《染绿的声音》，长篇传记《张恨水传》等。现任中国煤矿文联副主席、中国煤矿作家协会副主席兼秘书长。系中国作家协会全委会委员、中国散文学会副会长。

辽西之思

◆ 李元胜

夏末秋初的一天，艳阳高照，我们从必须眯上眼睛才能适应强烈阳光的室外，进入朝阳古生物化石博物馆，就像从热气腾腾的 21 世纪一步跨进了另一时空。

对于此时此刻，过往的时间都是不断下沉的地下室，我们能看清的其实非常有限。特别是人类出现前的地球时间，更是深不可测、无从猜测。

幸好，大地是有记忆的。我曾经这样描述大地所保存着的过往：我们居住的大地，就像一张可以被无限次使用的画板，地球每一段生命发展的历程、每个时期的生命，都曾在这画板上演示出波澜壮阔的画面，而一旦这个时期结束，它们就会被铲刀无情地铲去，只有很少的信息被深深地掩埋在新的颜料下面。

这些信息，有的，是我们通往时间地下室的台阶；有的，就是一处开阔的地下室——它们直接呈现出遥远时光的主角、场景和故事。

　　地质学的研究表明，地球形成于约45.5亿年前，生命至少在38亿年前就已经出现，原始生命的演化极为缓慢，直到30亿年之后，才进入地质学家们认为值得关注的生物进化时段，即古生代（5.9亿年前—2.48亿年前）、中生代（2.48亿年前—0.65亿年前）和新生代（0.65亿年前至今）。

　　其中，从中生代的中晚侏罗纪到早白垩纪是地球历史上气候、地质变化最强烈的时期之一。这些气候、地质事件使得生物必须积极适应不同环境与气候，因此加速了演化的进程。这个动荡时期恰恰是包括人类等新生代物种出现的最初摇篮，也是研究动物演化的绝佳窗口。

　　我的眼前，出现了狼鳍鱼、蜻蜓、蛇蛉的精美化石，它们轮廓分明，呼之欲出。这是突发的地质灾害凝固下来的生命场景，如同今天的我们按下快门。这些悲剧事件中的主角，成为那个壮阔时代留给我们的珍贵遗物。封存在石头中的，正是脉络清晰的远古时光。

　　低头沉思了一下：狼鳍鱼在水里，说明这里有江河或者湖泊；蜻蜓的羽化需要脱离水面到空中去，说明还有湿地生境；而作为捕食者的蛇蛉，栖息环境是高山的松林或柏林。当年的地理环境还真是有山有水，错落有致，风景秀丽。

　　正在浮想联翩，突然发现同伴们都不见了，赶紧追上去，眼前出现的是著名的中华龙鸟，此化石标本收藏于中国地质博物馆，所以此处为复制品。

　　1996年，辽西发现中华龙鸟，轰动了国内外。这件标本的意义在于，它为我们提供了恐龙从爬行动物向鸟类进化的证据。科学家一直在寻找从恐龙到鸟类的关键环节，特别是鸟类的羽毛是如何出现的等细节。鸟与恐龙同源，还是鸟类是由恐龙进化而来？科学家们分成两派争议不休。正是中华龙鸟、原始热河鸟、孔子鸟、三塔中国鸟、燕都华夏鸟、北山朝阳鸟一系列化石的出现，让鸟类的"恐龙进化说"成了有凭有据的主流。

中华龙鸟，其实仍是一头肉食性恐龙，但它拥有纤维状的皮肤衍生物，这恰恰是人们苦寻很久的证据链中的空白——羽毛的原始形态，所以被称为原始羽毛。

朝阳古生物化石博物馆，就这样给我们展现了哺乳动物出现之前的地球瞬间，没有人类的时间地球同样生气勃勃，气象万千。

接下来的参观，我有些走神，忍不住想，人类的出现，对其他的生物来说意味着什么。或者说，当这个蓝色星球进入人类阶段后，有些什么样的经历。

到朝阳市之前，我们在阜新的彰武县，看见了另外的时间，属于人类的两种时间。或者说，科尔沁草原南部所经历的两种时间。

地域辽阔、物产丰饶的科尔沁草原是很多民族的发源地和成长地，彰武县位于草原南部，章古台、阿尔乡、四合城等镇深深地嵌入沙地，自古以来享受着草原带来的福利。但进入20世纪后，草原荒漠化越来越严重，青青草原快速成为炫目的沙滩和沙丘。风沙起时，铺天盖地，人们纷纷躲进房屋。风沙过后，房屋常被沙子掩藏，门都推不开，有时需推窗才能出去。

这正是我们熟悉的故事，面对频繁的人类活动，大自然在避让或恶化——地球上人类时间的一个侧面。作为 20 世纪 60 年代出生的人，目睹了太多的溪流湖泊消失，太多的树林湿地让位于建筑群，接着是鸟类、蜻蜓和蝴蝶的大量减少。人类崛起的过程，是征服自然并与自然逐渐脱钩、创造自己的城市文化的过程。

在彰武县，这样的进程在 20 世纪就走到了尽头。来自科尔沁沙地的风沙，不仅侵蚀彰武县，更威胁着沈阳等城市。在退无可退的情况下，彰武县民众，在刘斌、董福财等治沙英雄的带领下，开启了长达 70 余年的治沙史。这 70 余年是科尔沁沙地经历的另一个向度的人类时间，人们以相对固定的沙丘为立足点，引进能适应沙漠的植物，以几代人的奉献和牺牲为代价，谦虚地重建自然，让失控的生态得以恢复并重新发挥作用。

我们走出幽深的博物馆，回到灿烂的阳光下。有一只丝带凤蝶在草丛之上盘旋，如此轻盈而优美。它的美，它自己知道吗？草丛知道吗？

我又想起几年前，我在安徽的一条废弃的铁轨道上，偶遇一群丝带凤蝶，惊叹之余，写下了一首小诗。每当我重读那首小诗，就会想起那些丝带凤蝶，进而想起更多美好的往事。

时间飞逝，而在那一首诗里，丝带凤蝶永远在飞舞，往事永远无穷无尽。

事实上，只有在文学艺术作品中，人类才有可能真正创造出独立的时间。而在地球的现实中，我们永远无法和大自然脱钩，因为，我们使用的是同一个宇宙的时间。

我和同伴们的旅行，是在罕见的全国大面积连晴高温中进行的，我们一起在辽西考察人类与自然的各种共处方式，而整个地球，正处于"灾难性变暖"的边缘。我们的思考和行动，是否已经迟到，或者，过于缓慢和迟钝？

但即使在这样严酷的时刻，我也无比坚信，人类一定能找到和自然最好的共处方式，能让我们的蓝色星球运行得更安详、更美好，继续成为庇护人类生存和发展的家园。

人类的出现只有300万年，开启文明之旅也不过万年，如此短暂，对无边无际的宇宙来说，像是黑夜中的一道闪电。

借助这道闪电，地球上的生命，第一次，能探测自己的存在以及过往的数十亿年的时光；第一次，能有一个物种对其他物种的生存承担起庇护的责任；第一次，能有一个生命对另一个生命说："嗨，你看上去真美！"……这个星球一直在经历周而复始的繁荣、衰落，只有人类是万物之镜，能够观察和把握广博的万物，欣赏它们的神秘和美，思考它们的意义。

李元胜　诗人、作家、生态摄影师。曾出版诗集《我想和你虚度时光》《无限事》《沙哑》，长篇小说《城市玩笑》，及博物旅行笔记《旷野的诗意》《昆虫之美》等，其作品曾获人民文学奖、鲁迅文学奖等。

锦绣草

◆ 黄 风

那天，我带着我的"童年"，千里迢迢地见到了它——盘锦红海滩上的碱蓬草。

见到它之前，我的想象在故乡徘徊，像只啁啾的燕雀，看到的仅是红了的枸杞，炽了的沙棘。

盛夏的枸杞，一串串一串串；深秋的沙棘，一嘟噜一嘟噜，把故乡的田野点燃，把山烧得火红火红。"童年"的光景如火如荼，两种果实吃多了，就拿一枝枸杞或沙棘干仗，将枸杞汁嗞地挤到对方脸上，或者摘一把沙棘捺碎了，摔到对方身上。

见到碱蓬草时，它远超乎我的想象。

从汾河之滨到辽河口，半个世纪前的我，也就是我的"童年"，一手拽着我的衣襟，面对红海滩眼瞪得老大。仿佛成年后的他，在"长亭外，古道边"，直愣愣地看着。脑后的一撮"后拽拽"，发尖上带着枸杞的甜味，带着沙棘的酸味，被围上来的风戏弄着。

8 月的红海滩，"热烈"还在酝酿中，不及熟透的枸杞或沙棘火红，但已经十分壮美。风拂过的时候，像没有烈焰的柔火燃烧着，折一棵碱蓬草举在面前，竟让我想到佛灯。风扬长而去后，像众口描述的"红地毯"，从脚下铺向大海，远方的蔚蓝色不见了，变成与天相衔的一线明亮。

一株株碱蓬草，远比不得枸杞和沙棘又强壮又恣意，"锋芒毕露"。

在泥泞的滩涂上，盯着一株碱蓬草看，阳光牵着一丝身影，微微摇曳着，像袖珍盆景里的树。将目光像皮尺一样缓缓拉长，一身红的碱蓬草随之变淡，直到被滩涂隐没。隐没的时候很害羞，低眉顺眼的，像小花旦退到了幕后。

那弱小之躯，却如《大麦歌》中的大麦一样坚韧，经得起汹涌的海潮。潮来消失得无踪无影，仿佛不是被淹没，而是像鲸掠食一样，做了海水巨口中的美餐。潮去又出现在滩涂上，像漫游归来或在海中睡了一觉，抖一抖身上的泥水，眨一眨发涩的眼睛。

它一生聆听着蔚蓝色的涛声，在潮涨潮落中"生息"，往来于两个世界。

被淹没的时候，遥望着远方的潮头，一浪一浪地推波助澜。赶来的海水却平静，从它脚下不动声色地淹起，一寸一寸淹至腰间，最后咕噜噜地盖过头顶。

海水越来越深，一束束阳光深入水中，像雨后天边的"耶稣光"，乘潮而至的小鱼小虾，还有其他的海生物，在其中穿行游玩。水底的泥沙里，交配时会"婚舞"的沙蚕，能弹善跳的弹涂鱼，早就蠢蠢欲动，从穴窝里滚出混浊的水泡。

碱蓬草一如既往地沉浸在水世界中，细微的水流缠来绕去，小鱼小虾不时凑上来问候。水中通向远方的路，像陆上的"殊途"，一程比一程深邃，那最深邃处便是龙苑之地。

重回人间的时候，与它被淹没时一样从容，先一点一点探出头来，看着海水退至腰间，再退到它脚下，然后顺着来路远去，给滩涂留下一身海腥气。那消失之处，海阔凭鱼跃，天高任鸟飞，万顷碧波之上的身影中，就有传说是精卫鸟化身的黑嘴鸥。

翱翔的黑嘴鸥看到，与大海紧密相连的滩涂上，被潮水抹去的红像它消失时一样又回来了。一株株碱蓬草出浴似的，很快就恢复了生机，重新"织就"红海滩。

蓝天白云下，一条条蜿蜒交错的水道，使红海滩像贴地而生的大树，又如大海的根系，那浩渺之水是大地供养出来的。捞一叶扁舟进去，撵着水中的"白云苍狗"，跟随季节款款而行，红海滩会向你展现一身锦绣。色彩迷人地变幻着，从初生的绿到淡红、浅红，再到粉红、大红，最后变成截然不同的紫色。

与红海滩相伴的，是广袤的芦苇荡，如果把红海滩比作妹妹，芦苇荡就是她痴情的哥哥。相传老早以前，在辽东湾的龙宫里，住着老龙王和他的女儿红袖。就一个女儿，老龙王百般宠爱，不让她离开龙宫半步。

红袖 16 岁的时候，老龙王赴天庭议事，丢下女儿一人在宫中。红袖正待得寂寞，盼望父王早日归来时，从辽河口传来一阵阵笛声，她便悄悄离开龙宫，到水上去看个究竟，看见一个青年正坐在滩头吹笛。青年名叫芦生，从小失去爹娘，独自一人度日，清晨出海打鱼，傍晚归来吹笛。折一管芦苇，对着夕阳倾诉。

红袖被笛声吸引了，于是每晚溜出宫，躲到芦苇荡中，偷听芦生吹笛。那如泣如诉的笛声，让她有一天终于无法自已，便化作红衣少女来到芦生身边。两人一见钟情，为装点芦生吹笛的滩头，红袖就把龙宫的珊瑚草拿来种上。

老龙王回来发现女儿竟跟一个穷小子跑了，顿时龙颜大怒，趁芦生出海打鱼之际，掀起滔天巨浪，将芦生葬身大海。红袖得知后夜夜到种满珊瑚草的滩头哭泣，最后哭得双眸生血，把原本翠绿的珊瑚草染红。

据说直到今天，半月在云中徘徊的晚上，仍能听到红袖缥缈的哭声，这时芦苇荡就会风起云涌，像大海波涛起伏，从天边涌来，又向天边涌去。

看着那绿浪，听着那掀起的喧哗，大块大块的，从地上抛向天空，又从天空落到地下。在传说的无边凄美中，你会像风卷走的一枚苇叶，不着边际地想起洛尔迦的诗：

绿啊，我多么爱你这绿色。

绿的风，绿的树枝。

船在海上，

马在山中。

盘锦的"红滩绿苇"，已成为众鸟的乐园，每年呼朋引伴，于此欢聚的鸟类多达 260 余种，数十万只。有不少是珍禽，对环境非常挑剔，非锦绣之地不睐，比如"湿地仙子"丹顶鹤，比如"红海滩绅士"黑嘴鸥。每年光顾这里的丹顶鹤近 600 只，黑嘴鸥有 1.1 万只，占世界黑嘴鸥总数的 1/2 还多。

丹顶鹤在叫："ko-ko-ko。"

黑嘴鸥在叫："eek-eek。"

那天，在它们的呼唤声里，在我匆匆道别的回首中，盘锦"花团锦簇"的盛秋，正挥手致意地赶来：火红的碱蓬草，金黄的水稻，绿色的芦苇，蓝色的大海，黑色的滩涂，构成一幅五彩斑斓的油画。

黄　风　山西省作家协会副主席，山西作家协会散文专业委员会主任，《黄河》杂志主编。主要作品有中篇小说集《毕业歌》，散文集《走向天堂的父亲》，长篇纪实《静乐阳光》《黄河岸边的歌王》《滇缅之列》《大湄公河》等。作品多次被转（选）载，其中《黄河岸边的歌王》入选《中国新世纪写实文学经典》（2000—2014 珍藏版）。《大湄公河》被加拿大《渥京周末》、美国《华夏时报》、日本《中日新报》连载。曾获"《中国作家》鄂尔多斯文学奖""中国作家出版集团奖""第 16 届华北十五省市文艺图书一等奖""山西出版奖""山西省'五个一工程'奖""赵树理文学奖"等。

风沙林变奏

◆ 李景平

风还在，沙也在，只是，以不同方式存在。

存在于林和草的延绵里，存在于雨和雾的清鲜里。

多少年前，一群外国人来到这里，风把他们刮得灰头土脸，他们说，这是一个不适宜人类生存的地方！

多少年过去，我来到这里的时候，一切都变了。

风还在，但风变了。风浅吟着徐缓的背景音乐，云在天空涂抹着铅色的油彩，树在草地滚荡着浓稠的绿浪，空气里飘洒着雨的微尘，四野弥漫着雾的梦幻。雨落在湖里，湖波澜不惊，雾飘在原上，原绿意不减，雨雾间，树轻轻摇，草微微斜，立在草间树间的"风电树"，缓缓地，舞动着银色的风叶。

一切依然在风动，却又似乎凝固了，凝固在缓缓的动静里。凝固在云里，凝固在绿里，凝固在树里，凝固在草里，凝固在沙里，凝固在雨里，凝固在雾里，凝固在湖里，凝固在原里，凝固在——风里……那么风呢，风自己最好的形式就是凝固在风里，凝固在缓缓的动静里，也凝固在柔润的雨雾里。

就在这样的动静里，风和沙，别离了。它们找到了自己的归宿，不再搅得天昏地暗、昏天黑地。

这可是曾经的风沙地啊！

往前，再往前，再再往前，就是著名的科尔沁沙地——由科尔沁草原沙化的科尔沁沙地。

天苍苍，野茫茫，这已是重生的彰武草原。

风沙地的风，藏起来了。风沙地的沙，也藏起来了。藏着藏着，风不放心地跑了出来，吹一吹藏沙的草，吻一吻掩草的花，拂一拂遮花的灌木，捋一捋灌丛里的树，告诉它们，也告诉灵动的飞禽走兽，把沙藏好了，别让沙给暴露了。却不料，风把自己给暴露了，风把自己暴露得没有了隐秘。

风是透明的，风已经不携带任何杂质，风也不裹挟任何沙粒。风担心的是沙没了遮挡会暴露。风其实担心的是沙不好好待着而闹腾开来打搅了风的清净。当风拂过被草被林覆盖的沙和被沙被土支撑的林的时候，看它们浑然融合的样子，风也越发地轻松起来。

人轻松的时候总想回忆，风也一样。风是向前刮的，回忆是向后走的，风想回忆的时候，就突然折返，往回走了。

1

风折返到一个狂风呼啸的时代，自己都觉得太疯狂了。

没有树，没有草，没有绿，只有沙。

沙里是沙，沙外还是沙。全然没有了绿的覆盖与遮蔽，像是辽阔的地球的边缘，像是遥远的外星的荒漠。

风就在那个时候遭遇了沙，遭遇沙就把天地卷成混沌。

风是一个游走在地球的侠客，沙是一袭匍匐于大地的黄龙。风知道，地球承载大地，大地哺育生命，生命生于绿色，绿色被黄沙吞没，大地便缺失滋润，风就会喘息就会呐喊就会咆哮。风遭遇了沙，风会暴躁，沙也会暴躁，风与沙，就会暴躁对暴躁，狂怒对狂怒，就会暴戾就会狂烈就会肆虐。

风沙肆虐的时候，会上演一种魔幻。听过地面的雷声吗？那就是地面的雷。见过滚动的墙吗？那就是滚动的墙。看过直立的浪吗？那就是直立的浪。一种浑黄的、呼啸的、奔腾的、翻滚的、铺天盖地的、顶天立地的、排山倒海的沙浪，碾压过来，把一切碾压成惊天动地的雄奇与惊骇。

如果不以给人类造成的危害看待，这完全可以称得上自然造化的威力、风与沙酝酿的气势、自然审美的壮观。

壮观吗？壮观！风也壮观，沙也壮观。

然而，那是被称为风暴、沙暴、沙尘暴的灾难！蔚为壮观的时候，给世界的是一种近似末日的威胁与绝望。

在威胁与绝望里，村庄和田野，被沙尘吞没。

当村庄从沙尘里醒来，屋顶被黄尘覆盖，房门被黄沙掩埋，而人要出门，连门都推不开了，只能从窗户跳出去。

人灰头土脸，村灰头土脸，城市灰头土脸。

风太知道了，这灰头土脸的世界是谁的杰作。风把沙一粒一粒吹过草地，一抔一抔刮过绿源，一波一波掠过山丘。然后，风沙线前移了，风沙地拓展了，风把沙刮成了一个沙化的王国。风最熟悉大自然的蝴蝶效应了，多么微小的微妙的沙粒啊，竟然把一片世界改变！

人呢，村庄呢，田园呢？是风进沙进，沙进人退，人退绿退。风以自己的速度裹挟了黄沙黄尘，从彰武刮起个把钟头就刮进了盛京。它把天空染成浑黄、把大地染成浑黄、把村庄染成浑黄、把城市染成浑黄。风走过的地方，它再走回来，若不是沙地留下风的足迹，风自己都不知道那里是哪里了。

但风知道那不是自己的过错，走得多了久了，风知道，是谁把草变成了沙、把草原变成了沙地。

2

风又向历史的深处走去，返回到一个老绿的时代。

那时候，林、草、树，还在；牛、羊、人，也在。

绿还是无边无涯澎湃激荡地漫溢着，时间还是莺飞草长风吹草低的样子，像地球上所有滋养生灵、激扬生命的地方。

风在万物怒放的地方，成为翠草青萍之末的呼吸。

风想起来了，那是清代的皇家牧场哦。科尔沁沙地那时还是水草肥美的科尔沁草原。科尔沁草原铺展过来，羊没在草里，牛立在原上，马和牧马人穿行在草原，飘在空中的蒙古长调和牛哞马嘶羊咩，落在地上的辽西肥草和农耕牧养人居，构成了盛京皇家牧场的万种风情。

不过，这样的皇家牧场，并不是给人看风情的。风看的是风情，人看到的却是实利。皇家牧场其实就是皇家的生鲜物库。

年年月月，月月年年，皇家肥了，牧场瘦了，抑或，瘦了的不只是牧场，瘦了的，还有丰润的草原。

草原瘦了，但毕竟还拥有自己生存的魅力。

生长草的地方，生长牛羊；生长牛羊的地方，生长人类。牛羊逐水草而居，人类，也逐水草而居。

之后，开荒的来了。垦荒的人们，把草根、树根都垦出来了。抖开来，沙土便在风中飘扬。在风里，农田黄了绿了，庄稼绿了黄了，风把点点的黄，刮成片片的黄，把片片的黄，刮成茫茫的黄，最后，黄已不是草黄禾黄，而是沙黄，是浩浩汤汤的沙漠的黄。

历史有历史的行程，时代有时代的方式。风把皇家牧场刮成农家垦场，把游牧时间刮成农耕时间，把绿的草地刮成黄的沙地，风之过吗？

其实，历史给你什么样的路途，你就注定到达什么样的地方；时代给你什么样的方式，你就注定收获什么样的结果。似乎，你别无选择！

别无选择吗？风走过黄沙之后，却看到历史重新选择了扭转，时代重新选择了不同，人们重新选择了改变。

3

风终于回到黄沙返绿的现场，沙地新绿的现场。

黄沙的世界可以造绿吗？黄沙的世界可以变绿吗？

世界似乎都不曾相信不曾见过。然而，风见过，风见证了黄沙变绿。

风见过并见证的，是彰武人的风骨和风韵。

风与彰武人是作过交锋的，风记住了彰武人的个性。这个人种下第一棵樟子松的时候，自己也站成了一棵樟子松。风，就在这个时候与樟子松交锋，与这个人交锋。风凶猛地刮过来，樟子松倒了；他躬耕着种过来，樟子松活了。

要知道是怎样的风！是尘暴的风、沙暴的风、顶天立地的风、幕天席地的风。风刮倒一棵樟子松，他种植一群樟子松；风刮倒一群樟子松，他种植一片樟子松。不仅种植樟子松，还培植彰武松；不仅培植种樟子松的人，还培植种彰武松的人。樟子松、彰武松和它们的种植者，始终屹立在大漠风中。

然而在松林终于耸立如海的时候，这个人，却倒在了他的大漠林海。永远地，躺在了黄沙之下，躺在了风沙林里。

一颗灵魂，永远种植在了科尔沁沙地的风沙林里。

一颗灵魂，永远成为一棵大树，成为对科尔沁沙地的挑战和进击，成为彰武人的生命感召和生态凝聚。

于是，一个人一群人的植绿，成为一方人一域人的植绿。风看到，这个人，这群人，这方人，这域人，他们相信绿色，他们相信生态，他们相信自然，他们也相信自己。

彰武人由此铺开了现代化的沙地造绿的世纪重建。

他们以树挡沙，沙被挡在绿林之外；以草固沙，沙被固在了青草之地；以水含沙，沙被含在了碧水之间；以工用沙，沙被用在了工业之中；以光锁沙，沙被锁在了光伏之下。人进绿进，绿进沙退，沙退人进，彰武由此绘就了新的千里江山图。

风这时意识到，彰武沙地在重归为彰武草原，科尔沁沙地在重归为科尔沁草原。风从草原、森林和云雾、细雨里穿过的时候，听说彰武的森林覆盖率已经由 2.9% 提升到 31.47%，风的速度新近又由 3.4 米 / 秒下降到 1.9 米 / 秒；而降雨量，则由 350 毫米 / 年上升到了 800 毫米 / 年。

风沙林与天地人融合在自然的柔情里了。绿树微雨里重生的风也旋转进"风电树"的叶片，化作了点亮城市乡村的灿然。

这是中国北纬 42 度曾经荒凉的风沙线啊！

在这曾被外国人称为不适宜人类生存的地方，风听到彰武人说，老祖宗把我们搁在这里，我们就要干出个生存的样子。

　　风已经不是曾经的风，沙已经不是曾经的沙。

　　人呢，也已经不是曾经的人。

李景平　山西省散文学会副会长，山西省作家协会报告文学委员会副主任，《中国环境报》驻山西记者站站长、高级编辑。著有《绿歌》《20世纪的绿色发言》《与黑色交锋》《山西之变》《走过时光》等。曾获"中国新闻奖""中国环境文学奖""中国环境新闻奖""山西新闻奖""山西省'五个一工程'奖""《西部散文选刊》作品奖""赵树理文学奖""《黄河》年度文学奖"等。

幸福泉

◆ 周建新

1

到水泉镇，眼睛看到的，绝对超过想象。

摊开地图，在辽宁省西部朝阳市寻找地名，不是沟就是梁，要么就是杖子，即使拿放大镜找，也难找出几个和水相关的地名。朝阳十年九旱，严重缺水，可谓是滴水贵如油。有个顺口溜，这样形容朝阳：山头秃，风沙大；人实在，没啥话，只见小酒唰唰下。这句顺口溜流传了上百年，只是近十年，声音微弱了。虽说缺水依然是现实，但山头秃，风沙大，已不复存在。人居环境整治，已经让朝阳遍地青山，有两个习以为常的物件，不是进了博物馆，就是改变了用途——一个是男人的风镜，另一个是女人的纱巾。

对于喀喇沁左翼蒙古族自治县（以下简称喀左）水泉镇，我是熟悉的陌生者。

2021年9月，我到朝阳市建平县任驻村第一书记，由于省城距离建平县太远，每周往返太浪费时间，我便选择了回老家葫芦岛，这样，往来便近了一多半。而途中必经之地，便是喀左。

驶过喀左县城50里，我总会为这个地名纠结，水泉，两个字，都是湿漉漉的，怎么想，怎么和朝阳严重缺水的形象不符，所以记忆极深。这条路，叫"建三"线，是喀左奔向"长深"高速公路的快速干道，如果不限速，完全像高速公路。然而，每逢我周五返回老家，经过水泉，想把车开快是不可能的。因为右侧是个花海景区，左转弯的轿车一辆接一辆，于是，堵车便成必然。

不过，堵在这里，不像堵在城市，并不堵心。紫得高贵的马鞭草一直铺到山边，黄得明亮的向日葵战士般守护一旁，鲜艳得挡不住的串红、红得发紫的鸡冠花、洁白如玉的格桑花，点缀在花海间，花的海洋便更加多姿多彩。尤其夕阳西下时，万丈光芒之下，花海变得如梦似幻，宛若人间仙境。

原来，周末了，周边4个县城及朝阳市内的人们，纷纷到这里休闲、娱乐、度假、采摘。游客剧增，车辆排成长龙，满花海人头攒动。但堵在这里等待，心旷神怡地欣赏风景，焦虑的心便被润泽化开。在美景中享受生活，人生何必匆忙？

每逢周一赶往驻村，路过润泽花海，便是另一番情景，美景虽在，游客却稀少了，他们赶回各自的城市上班，道路畅通无阻了。即使如此，我也要点几脚刹车，让车子行驶在右侧的慢行道，眼睛望向左侧，欣赏几眼花海，看看和上周相比有何变化。

我以为，总和润泽花海擦肩而过，充其量是这里的过客，没想到突然得到机会，进入润泽花海。

这个机会就是"大地文心"生态文学作家采风活动。这一天，我从容地走进了水泉村，不必像从前那样，隔着树木和房屋"偷窥"，花海无遮无拦、坦坦荡荡地摆在我眼前，既绚烂，又辽阔。我在震惊之余，也在后悔，近百次的擦肩而过，为何不停下匆忙的脚步，舍上20公里的汽油钱，买张门票进去，徜徉于一望无际的烂漫花海，在花丛中爽朗地笑一回？

采风团行色匆匆，现任水泉村党委书记唐廷波介绍润泽花海时，不免加快了语速。我虽然眼观六路，却贴在唐书记的身旁，耳听一方，努力记住我感兴趣的东西。尽管我依依不舍，却难免走马观花，也不能留下来促膝长谈，好在我们有约在先，再赴水泉镇，用心去体验。

一切皆由缘定，我注定不是水泉镇的过客。

2

再次驻足水泉镇，我是有备而来的，断断续续在网上搜了若干资料，又详细阅读青年作家王丽新发给我的散文，她是水泉镇的财政所所长，副业却是搞宣传，写水泉，她最有发言权。十几天后，我独自驾车，从容地来到了水泉镇，接待我的人，对水泉都是如数家珍。当然，王丽新当了全程解说员。

这次，我们的脚步慢了下来，走走停停，漫步在润泽花海。虽说秋阳似火，入园之后，却是一条阴凉甬道，由铁架支撑起来的拱形，上面爬满了青藤，铁架上整齐地悬挂着红灯笼，那是去年庆祝建党百年时挂上的，时隔一年，依然鲜艳如初。

阴凉甬道的右侧，是一大片规整的田畦，每一畦中，紫茄子、红辣椒、绿白菜、红萝卜长势格外喜人。唐书记告诉我，这是花海观光园的副业，每30平方米是一个领养户，每年种植8个品种的绿色无公害蔬菜，近到喀左、建平县城的居民，远至沈阳、大连的市民，都有人认领菜园，享受由合作社代种、代管、代收、代运，从菜园到餐桌的全程服务，一年费用仅为400元。

路的右侧，是玻璃暖棚，一年四季都有蔬菜生长、鲜花盛开，那里有高科技的控制系统，暖棚的温度、湿度都是随着植物的需求，智能控制。有了一座座高品质的温室暖棚，冬天游客也接连不断，硬是把"冰天雪地"也变成了"金山银山"。

出了阴凉甬道，眼前豁然开朗，随之便踏入花海的观景廊道。廊道分紫藤长廊、风车长廊、彩虹木栈道等，随着景观的变化曲曲折折地延伸出去，花色五彩缤纷，花香清新淡雅，睁大眼睛慢慢走，环顾左右，真是一步一风景，一花一世界；闭上眼睛细心品味，幽暗的花香悄悄袭入心肺，顿觉心旷神怡。

　　唐书记自豪地告诉我，旅游旺季，尤其是国庆节长假，每天有数千人进园参观，门票收入数以万元计。尤其是花海中的主花——马鞭草，花期将近 5 个月，成了吸引游客的法宝。即便如此，门票的收入依然不是主要的，以马鞭草为例，其药用价值超过了观赏价值。全草皆可供药用，性凉，味微苦，有凉血、散瘀、通经、清热、解毒、止痒、驱虫、消胀的功效，提取的精油价格按毫升计算。而荷兰菊，卖苗木就能给合作社带来可观的收入。

　　在花海廊道走了一圈，我对花海周边更感兴趣，围绕着 300 亩花海，还有 200 多亩的设施农业，那里有采摘园，栽植有苹果、梨、杏、李子等，还有温室蓝莓，林下套种了桔梗、药用芍药等中草药。

　　花海的南侧，依据地形，建了一座儿童乐园，有多滑道的滑雪场，冬天滑雪，夏天滑草。有童话般的城堡，儿童可以尽情地扮演"王子"和"公主"。

　　更远的地方，是太阳能光伏发电站，遮盖住了一片荒山，不仅给润泽花海提供能源，还可以并网发电，为村集体再增加一笔收入。

　　在这里，我发现，每一寸土地都在发挥着最大的效能。

3

欣赏了这么久的美景，我只是感受到了成果，心中却仍然困惑，辽西缺水，花海也好，设施农业也罢，水泉村是怎么解决缺水问题的呢?

陪同的王丽新，解开了我心中的谜团。

原来，水泉村地理位置独特，位于大凌河与牤牛河狭窄的冲积平原上。村里最不缺的就是水，曾经水多为害。

水多了，也是件麻烦事儿，全村道路泥泞，莫说是机动车进村，就是骑自行车出入都很费劲，如果赶上下雨，进村都得蹚河。

修路先治水。水泉村前任村书记吕久贵，带领着全村人，围绕着泉水，挖出方塘，修建水渠，让多余的水顺着水渠，浇灌村里的庄稼，让泉水变得有百利而无一害。为此，吕久贵被评为省级劳动模范。

沿着方塘上曲曲折折的长廊，我不急不缓地走着，塘水清澈，却不见底，水草长成了"水中森林"，遮挡了视线，三三两两的锦鲤，悠闲地游荡在"森林"间，与长廊上悠闲的村民相映成趣。世界如此静好，唯一打破安静的，是塘里的水沿着水渠，"哗啦啦"地奔涌而出。我感觉得到，它们的目标是丰收在望的田野，是赏心悦目的润泽花海。

时光倒退10年，润泽花海还是一片乱坟岗子。后来，推掉建了大棚，却因承包者资金链断了，一直撂荒了 4 年。时任镇党委书记刘秀娟、镇长王德文，看在眼里，急在心上。"想富村，找能人"，他们看准了农民企业家唐廷波，这位黑脸大汉，有头脑，善经营，把自己的企业经营得红火，就不能把村子的穷根子拔掉？

2016 年 5 月，水泉村"两委"班子任届期满，书记和镇长一道做通了唐廷波的工作，让他回村扛起重担，让水泉村真正地成为幸福的源泉。唐廷波不负众望，把撂荒地玩出了新花样，担任村书记的当年，他拿着自己家的钱，把荒弃的大棚地又流转回村里，镇党委帮助他们申请到脱贫攻坚的经费支持，成立了润泽土地股份专业合作社，在荒山薄地上垫出半米深的厚土，种植观赏性花卉，发展集采摘、观光、餐饮、住宿于一体的特色产业园，当年村集体经济收入便增加了 10 倍，达到 20 多万元。年底，贫困户获得 2000 元的分红，在景区打工的村民，每人每年增收 8000 多元，水泉村一举摘掉了市级贫困村的帽子。

5 年间，水泉村集体经济不断壮大，村民的日子也是芝麻开花节节高，全村 58 户贫困户，112 人建档立卡，提前两年全部脱贫，走上了小康之路，村子成为全国"绿水青山就是金山银山"实践创新基地，丰富了"绿水青山就是金山银山"理论的内涵。

与此同时，村里的精神文明建设花样翻新，他们成立了全省第一家乡村振兴培训学校，通过学校这个媒介，吸引人才，传播经验。村里别出心裁地设立了"道德银行"，村民们的一切善举都可以折算成积分，到了年底，可依据积分去"道德银行"领取生活用品。

村党组织建设也得到了加强，各个农民合作社都成立了党支部，村党组织也升格为全省不多见的村党委。唐廷波当选第十三届全国人大代表。时任镇党委书记的刘秀娟获得"2019年全国巾帼建功标兵"荣誉称号。

当然，"伯乐"王德文的荣誉也不小，2021年，时任镇党委书记的他，被评为全国优秀公务员。一个乡镇，出了三个"国字号"。

4

眼看着水泉村蒸蒸日上，王德文的眼睛深情地望向了另一个村——大凌河畔的南亮子村。这是个省级贫困村，尤其是这个村一组的香磨屯，位于河西，夹在大山与大河之间，交通不便，与世隔绝，30余户村民，1/3是贫困户。

2017年，王德文陪着县扶贫办的同志去香磨屯，一路上是骑着自行车过去的，找个水浅处，扛着自行车，好不容易过了大凌河，结果这位同志的一只皮鞋被山路硌坏了，还被泥泞的路粘掉了鞋底，弄得特别尴尬。

最尴尬的还是王德文，他当时已任水泉镇党委书记，辖内还有穷得喝稀饭的地方（河西的谐音），有愧于"父母官"。那时，屯里流传着一句顺口溜：小香磨，穷山沟，出门处处爬山坡。孩子们上学，没法去对岸的村小，只能绕着山梁走两个小时，到邻乡的二道门子村上学。

怎么才能让南亮子村像水泉村一样富起来？王德文陷入深深的思考。南亮子村有山有水，尤其是香磨屯，有两个奇观，一个是自然奇观，两山夹一水的凌河第一湾；另一个是人文奇观大汤山，那里有15万年前鸽子洞古人类遗址。如果复制水泉村的经验，更有得天独厚的优势。

时不我待，王德文给香磨屯起了个新名，叫"依湾农家"，还亲自书写了广告语，"早知有依湾，何必下江南"，那是来自心底的志向与浪漫。既然这里的贫穷是与世隔绝造成的，那么第一件事就是修路，把香磨屯和外部世界连接起来。

路修好了，接下来就是结合精准扶贫，建设旅游风景区。2018年国庆节后，风景区建设开工，"抠门书记"王德文处处精打细算，尽最大努力，把有限的资金都花在了刀刃上。三年过后，如画般的依湾农家建成，大凌河被拦成了"白洋淀"，蒲草、芦苇、荷叶错落有致，依山蜿蜒。香磨屯山高路陡，就依山铺成石板路，既防滑又是景观廊道，金南瓜、银葫芦、绿丝瓜装点在路两旁。窑洞、蒙古包、四合院，还有从前的老民居，分布在香磨屯的不同路段，古朴外表下，赋予了现代的内部装饰，不管你来自北方的哪里，都有一种归家的感觉。

我是这些景观的坐享其成者。"80后"副镇长姜辛给我安排了个采访对象，是香磨屯的老渔民，叫戴新忠，他现在不种地，也不打渔了，而是开上了游艇，成了依湾农家生态旅游项目开发有限公司的一名员工。

老戴驾驶着游艇，给我讲述他的经历，皱纹里都藏着笑容。他家的 23 亩地都入了合作社，变成了采摘园，啥也不用干，每年分红 1.3 万余元，划船的工资每月 3000 多元，老两口一年轻轻松松赚六七万元，农村也没啥支出，花不完。我问他，别的人家呢？他回答，全屯 30 多户，家家都差不多，都改成了农家乐，镇上给建，不用村民掏一分钱。他接着说，原先村里啥都不值钱，现在好了，农家乐里鸡鸭鱼都能卖上好价钱。还有屯里的房场，原来 2000 元钱卖不出去，现在 2 万元钱都租不到，屯里人自己干，收入更高。

我不再追问，因为这里风景太好了。宽阔的湖面，水是静的，虽说游艇轻轻地驶过，还是激起了波纹，水面绸子般柔顺地抖动。老戴似乎不想打扰湖水的安静，船头折向了百亩荷花池，我们便埋在了碧绿宽阔的荷叶丛中。今年的凌河水特别肥，荷叶长得格外茂盛，直到船头推开叶片，我们才看到，一簇簇鲜艳的荷花开在叶片之下，直到形成莲藕时，才肯与荷叶肩并肩，原来百亩荷叶正在"金屋藏娇"。

驶出荷花丛，我们便驶出了柔美，驶向了雄壮。河的左岸轰然矗立起了悬崖峭壁，咄咄逼人地向我们压来。老戴告诉我，山叫大汤山，山上的石洞比比皆是，是河水长年累月掏出来的，其中一个洞里有远古人类的化石，还有数百件打制石器。我知道，老戴说的就是鸽子洞，因为有许多野鸽子在这里栖居，故得名。老戴给我讲述大汤山的得名时，我才恍然大悟，汤在辽西风俗中，即为温泉，原来鸽子洞旁有一温泉，远古的人类，很有智慧，即使是穴居，也要找个舒适的地方。

返回途中，我的目光从悬崖峭壁上收回，望向了岸边的蒲草和芦苇。老戴也不由自主地加快了船速，轰鸣的马达声，惊飞了藏在蒲草中的苍鹭和野鸭，苍鹭从容地飞上蓝天，不紧不慢地扇动翅膀，扎入更远处的芦苇。野鸭们则惊慌失措地扇动翅膀，贴着水面急促地飞行了一段，便落了下来，凫在水面，回头回脑地瞅着我们。

弃舟上岸时，始终笑而不言的副镇长姜辛告诉我，依湾农家富的不仅仅是香磨屯，而是整个南亮子村，这个旅游项目，给全村的贫困户提供了100多个岗位，村集体收入达到了50万元，投入运营的当年，全村就完成了脱贫攻坚的任务。

我明白了，水泉镇的干部，最惦记的还是老百姓的生活。

5

采访结束了，可我的思考还没有结束。我的思绪回到了早晨，回到了踏进水泉镇政府的那一刻，接待我的镇长田立杰竹筒倒豆子般地给我讲水泉，幸亏我有备而来，才没在填鸭式的讲述中迷失自我。大部分的讲述，他在夸奖去年才离任的党委书记王德文，那是名副其实的全国脱贫攻坚的先进个人。

这次采访，唯一的遗憾，是没有采访到现任镇党委书记胡殿发，但从田镇长办公室挂在墙上的工作规划图中，我还是发现了他的思路，那就是在完成脱贫攻坚任务后，要"一张蓝图绘到底"，在乡村振兴的提质增效上做文章，一手抓旅游，一手抓人居环境整治，把美丽的乡村镶嵌在祖国的大好河山里。

他们的"蓝图"很具体，我在规划的图片上看到，在香磨屯的宽凳子山上修建观景木栈道 1500 米，扶持原生态民宿建设，为更多农户打造农家院。变冬季旅游淡季为旺季，开发滑冰、滑雪项目，冬季捕捞项目，水上拓展项目。确保村民们打工的连续性，一年四季收入不断。

我忽然想起了习近平总书记的叮咛：以人民为中心。水泉镇做到了。

结尾时，我想到王丽新的散文《依湾人家》，借用她的结尾作为我这篇文章的结尾吧：俯瞰依湾人家，相信他们在乡村振兴的道路上一定会越走越宽广。

周建新　男，满族，一级作家。著有长篇小说《大户人家》《血色预言》《老滩》《王的背影》《锦西卫》《香炉山》，中短篇小说集《分裂的村庄》《平安稻谷》等十余部。在《当代》《十月》等文学期刊发表中短小说百余篇。作品多次被《小说月报》《小说选刊》《新华文摘》等转载，多次入选年度文学选本。现为辽宁省作家协会副主席。

大风从这儿刮过

◆ 刘嘉陵

彰武我头一回去。我是辽宁人，都一把年纪了，有点不像话是不是？同行的朋友里有重庆的、山西的、北京的，人家没去过彰武没什么问题，我就说不过去了。我大半辈子可都待在辽宁。

但我要是说，我和彰武的沙子早就亲密接触过了，这算不算已经一定程度地去过那里？

彰武并不似歌中唱的那样，"黄沙万里长"。彰武的沙子是白色的，很细小，可打在脸上照样疼，像针尖轻扎。当然它们是借助了大风，尤其在春季。

我还是少年读书郎时，曾随父母插队到了彰武和沈阳之间的一个县，新民。彰武在沈阳西北的100多公里处，新民则在沈阳西北的几十公里处。从风沙侵袭的角度讲，新民算是沈阳的"门户"。

20世纪70年代初的一个春天，大田播种之际，忽起大风。当时农村都在学大寨，关键词是"大干"，凌晨四五点钟，必须下地了。那天早上开始刮风，级别越来越高，一直到六七级怕都不止。可再大的风，春播也不能停啊。怕种子和粪肥在风中流失，就哈下腰弄，才能使身体摇晃得不那么厉害。再看大路上赶集的人们，一路小跑，跌跌撞撞。他们倒想歇歇脚，抽口烟，可做不到啊，衣服皆似鼓起的风帆，人都成了疾行的飞舟。当地管"快走"叫"欢走"，那个大风天里，露天地儿的人们想不"欢走"都不成了。

近午时，大风又卷来白沙，遮天蔽日，几步不见人。春播实在搞不下去了，小队长只得宣布回小队部学习。这样的事情只有雨天才允许发生，年轻后生都兴奋地附和："学习喽！"却不敢张大嘴高喊。

而一回到小队部，男的，女的，老的，少的，炕上，地下，靠着，倒着，很快便鼾声一片。乡亲们不是不爱学习，是起得太早了。况且，小队部的窗户纸全都刮破了，飞沙满室，没法睁眼睛。闭着闭着，就都进入了梦乡。

小队长连鬓胡子，长长的红脸，是个不怒自威的汉子。他先不住地呵斥，不许睡！谁打呼噜呢？可一会儿工夫，他自个儿也打起了呼噜。

哨子一样呼啸的风声，比催眠曲更催眠。屋子里鼾睡的人们都像披上了白衣，所有须发尽皆变白。炕上睡醒的人眯起眼睛，刚要笑别人睡在沙窝里，很快发现自个儿也被沙子埋了一半。

新民以东百公里外还有个县，昌图。也是那段时间吧，某日午后，乡村小学刚刚放学，忽然刮起狂风，弥天白沙漫卷而来。孩子们失掉了方向，都被风沙裹挟着走。大部分孩子总算摸到了家，有一个女孩子却失踪了，她正在读小学三年级。她姐姐已经到家，没见到妹妹，急了，告诉了哥哥。哥哥是大队治保主任，迅即顶着风沙，摸到大队部。一些党员和干部正在开会。党支书闻讯，即刻宣布休会，全体出动，去找那女孩。广播喇叭一遍遍播放着寻人通知。

黄昏前，小女孩在一个生产小队的场院里被寻到，正躲在大草垛的背风处打着瞌睡，脸上有泪痕。她是被大风沙强推过来的，她也不知这是何处，直到党员、干部、乡亲们，还有爹妈、兄姊出现在眼前。

这个小女孩长大后成为我的妻子，还当了画家，众多作品中有一幅画叫《风和水静》。

2022年初秋，我即将随"大地文心"生态文学作家采风团赴彰武、朝阳、盘锦等地，就要乘电梯下行时，她忽然拉开家门问我，带没带雨伞？要是从前，她知道我去风沙之地，一定会问我，带没带风镜？

我们来到科尔沁大漠的边缘，辽宁西北向的门户——彰武，近距离聆听了刘斌、董福财等治沙模范的动人故事。半个多世纪以来，他们就是在这里戴着风镜，扛着铁锹，推着装满树苗和水的马车，在流动沙丘和固定、半固定沙丘间，深一脚浅一脚地奔忙，与大风年复一年地较劲。

新中国第一个固沙造林研究所就诞生在彰武。当时也曾考虑过放在大西北，但"共和国长子"辽宁，工业重镇沈阳，对于百业待兴的新中国意味着什么，无须多言。

科尔沁草原又叫科尔沁沙地，有点奇怪是不是？19世纪前，称它"草原"还真名实相符，那曾是清代"三大皇家牧场"之一，水草肥美，相传茂密的草丛高可及腰。而19世纪后，由于气候变化和一代代垦荒者粗放式过度农耕、过度放牧、砍伐等，大片草原渐成荒漠，沙化面积逐年扩大。20世纪后，生态环境更为恶化，每年春季风力最大时，按七级风速算，彰武风沙2小时便能"攻"入沈阳。再不治沙，不用太久，沈阳也将沦为荒漠。

第一代治沙英雄刘斌，当过红军，参加过抗日战争，20世纪50年代初已经是义县县长，后来的级别还要更高。但他决意响应国家治沙号召，辞掉官职，主动请缨去了彰武，做第一任固沙造林研究所的所长。他有句名言："我就不信，这治理风沙比抗战还难？"我们去彰武采风那几天，当地一位领导干部跟我们讲，1905年出生的刘斌，举家搬至沙区后，连按级别为他配的小车都推辞不要了。县领导关心他，说你不来城里上班可以，但你总有用车的时候吧。他摇头说没有。

国际沙漠论坛有个共识，叫全球治沙看中国，而中国治沙就要看"三北"（东北、华北、西北）了。刘斌正是东北治沙第一人。从这位了不起的老人开始，一切常人无法想象的大难题——树植了死，死了再植，植了又被连根卷起……一夜风沙后门都推不开，要从窗户跳出去……对那几代治沙人来说已是家常便饭。

有四样东西，成为彰武治沙史的标志：男人的风镜，女人的纱巾，午餐的包子，铁锨上的红飘带。先说包子和飘带。据讲，治沙人一接到任务，食堂师傅便要问，明天早上还蒸包子？当然喽。除了包子，大风沙中还能吃啥？一打开饭盒，沙子即刻将饭菜覆盖。只能在头上套个塑料袋，在塑料袋里小心翼翼地吃。铁锨上扎红飘带则是治沙人的传统，我们先还以为是图个吉祥喜庆，后来方知，大风天里，治沙人想让栽下的树苗株距合适、整齐，但能见度太低了，怎么办？看一条条风中红飘带！以它们为准。

有一张刘斌老人的黑白风镜照，拍摄于难得的风歇间隙。老人将风镜移到帽檐上，正和同事们蹲着探究植树固沙难点，一位同事手里捧着一把白沙。他们身后十几米外的沙滩上，站着3位年轻些的勘测者，有的在操纵三角支架上的测量仪，有的挂着高高的红白标尺。他们3位的风镜也移到了头顶。刘斌的胡茬已经白了，但他笑得那样怡然可爱，慈祥得像我们的大伯。

感谢摄影记者，让那个瞬间永远定格，我们的老所长也好把风镜多闲置一会儿，歇歇眼角，无障碍地放眼彰武大沙漠，畅想着有一天能得偿所愿，茫茫白沙向蔓延开来的绿野低头，退避三舍。

刘斌老人在愿望即将成为现实的时候，病逝了。按照他的遗嘱，他被葬在沙地里。如今，那水泥矮墙围拢的墓地已被大片绿色环绕，常有人来为他献花，祭奠者中也出现过省委书记、市委书记等高级干部的身影。

刘斌身后，还有个治沙标兵的序列，他们是董福财、侯贵、宋晓东，阿尔乡派出所"马背110"，马辉、李东魁等。

昔日荒漠面积占96%的彰武大地，如今已一片浓绿，高低错落在我们视野内外。那大片体量参差不齐的樟子松、彰武松、杨树、油松，被称为"百花齐放"式的种植，是在成活率很低（风沙、干旱加病虫害）的恶劣条件下，治沙人一年一年、一茬一茬、一个品种一个品种地反复试错后，才先后立地生根的。

今天的彰武已经换了人间，平均风速正在下降，每年扬沙天数减了大半，降雨量则有所增长。绿野之上，一架架高耸的白色风车正变风灾为风能；阵列式太阳能电池板不仅利用光能发电，还能遏制风速、沙害，最大限度地保存沙地水分，促进植物生长，保障民生；而曾经恨死个人的飞沙，打在我们脸上针扎似的细白沙粒儿，也退回到它们该待的地方，并已具有了经济价值，其中含有大量硅砂，可作玻璃原料，亦可用于铸造、化工、石油开采、航天航空等建设项目，由此还得了个"砂中细粮"的美称。中国有三大天然硅砂主产地，彰武即是其中一个。

20世纪70年代初，那个从省城随家人下乡的男孩，惊恐地目睹小队部窗外的漫天白沙和破窗纸而入的不速之客，哪里会想到有朝一日，那些白沙的后继者会被草方格、光伏板、防护林带固定下来，一部分还化作玻璃，补偿着前辈沙群对窗纸的伤害。

半个世纪后的今天，他踏上昔日飞沙初起之地感慨万端，与全新的阳光、清风相会。

刘嘉陵 中国作家协会会员，辽宁广播电视台高级编辑。作品在《收获》《十月》《天涯》《大家》《人民文学》《北京文学》等刊物发表，并被《新华文摘》《小说月报》及多种年度选本选载。著有《硕士生世界》《记忆鲜红》《自由飞行器》《妙语天籁》《舞文者说》《把我的世界给你》等。曾获首届"老舍散文奖"，首届"清明文学奖"，首届及二届、三届"辽宁文学奖"，2002年度"辽宁文艺之星"等。

盘锦红海滩

◆ 刘国强

谁见过这样的大手笔画家？

站在天穹上，用特大号巨盆往地球上泼红彩，哗啦啦泼一盆，哗啦啦又泼一盆，从春到秋大半年不闲手——

红颜色染红了大地，染红了荒芜的滩涂，吓得大海倒抽一口凉气，赶紧后退，让出一部分自己的地盘……

这便是红海滩，她在地球的东方，在中国东北，在辽宁盘锦。

原来，这个世界上的最大湿地不喜欢穿素装，身着31万公顷的芦苇长裙还不满足，又把红海滩紧紧搂在怀里，系在腰间。

这块湿地堪称大自然的造化。在东北平原上滚滚向前，一路不断使性子的滔滔辽河、大陵河和双台河，扭动着曼妙身段在大地上恣肆舞蹈，双手捧上丰富的矿物质千里迢迢来献礼，红海滩，便是她们慷慨馈赠的豪华大礼。

若非亲眼所见，很难想象红海滩不是沙滩，也绝非红色土壤，更不是红色岩石，而是由貌似瘦弱的小草们肩并肩手挽手集体翘起脚尖让大地挺起的红色胸膛。

这种植物叫碱蓬草，一年生藜科植物。株高20～60厘米，茎直立，有红色条纹，多级分枝，枝细长，叶线生。别看它又矮又瘦，高不盈尺，却性格倔强，知难而进，用瘦小的根须抓牢大地，昂首斗浪。汹涌的波涛连出组合拳，一波一波又一波，拉开赶尽杀绝的架势，瞬间将它们淹没、击倒。波涛精疲力竭后退却，它们又顽强地站起来，抖落身上的泥污和水珠，似乎什么都没发生过。

这群收复失地的勇士像往常一样，把侵略者再次战败、象征羞怯的红颜料，涂在大海的脸蛋上。

大多数植物喝了咸盐水会很快丧命，碱蓬草却奇迹般地适应了这种水，滤伪存真，在恶劣的环境中壮大自己，不断招兵买马，养育子孙后代，繁荣家族伟业，将历尽苦难的日子过得生机勃勃。

谁有这样的胆量，咬定理想不放松，把赤红涂在大海上，浪打不退，日晒不旧，风吹不走？

碱蓬草别名盐荒草、赤蓬草，又叫荒碱菜。盘锦当地人称它为"救命草"。20世纪60年代全国大饥荒，碱蓬草救了无数人的命。它可以鲜吃，也可以晒干贮藏，还是一种优质蔬菜和油料作物。

人们称湿地为"地球之肾"。盘锦被称为"湿地之都"，湿地面积占全市区域面积的61%。这台人类少有的超大型

"空气净化器"，对整个东北地区乃至全国的气候调节，贡献卓著。

人工种植碱蓬草持续扩充湿地版图，每年向大海推进5～10米，最多推进30米。

为了保卫红海滩面积，盘锦市一次又一次雷霆出击，宁可财政少收入，也要生态至上，割断盘根错节的利益链。

2020年，红海滩上又吹响"大决战"号角，大力推行"退养还湿"修复海域生态工程，实现"退养还湿"面积8.59万亩，恢复自然海岸线15.77公里。

盘锦红海滩，再次大规模收复失地，开疆扩土。

赤蓬草王国，也迎来昌盛繁荣的时代。

环境妩媚诱人，红海滩的"跨界好友"纷至沓来。

白鹤公主成为巡逻志愿者，迈着大长腿，闲庭信步。边走边四面瞭望，长脖颈向天上伸，扬一下脖，再扬一下脖，似乎调整到最佳角度，方便接收信号。还俏皮地侧歪着头，给在空中飞翔的情侣送秋波，也似与云对话。

天上超低空飞翔的仙鹤，在空中来个"回头鸟"造型，高喊一句上联情话，红海滩上的情侣张开翅膀扇动两下，连忙对下联，鹤夫妻这才爽快地别离，按照责任分工巡逻。

白鹤公主不时停下来，用"听诊器"长嘴叩击红海滩身体，这里探一下，那里听一下，不时抬起脑袋歪脖想一会儿，再继续工作。

红海滩也不白让人家"体检"，鼓鼓肚皮，以吹气泡、放混水烟儿的方式暗示这位白衣天使，用衣兜里的小鱼小虾当作酬劳。

红海滩南小河号称"世界最大的黑嘴鸥繁殖地"，每年有上万只黑嘴鸥在此谈情说爱，生儿育女。

弹涂鱼是生物链的重要一环，也是红海滩的犁。它们每一次进洞出洞，以在浅水里要欢儿、溅水花的方式，耕耘土壤、疏导和调解生物机理，排泄物又是碱蓬草的营养滋补品。盘锦市以每年放养弹涂鱼数万尾的速度递增，其中2022年放养9万多尾，放养面积415亩，极大地改善了水生态环境。

沙蚕也是生物链中不可或缺的一员。如果说弹涂鱼用欢快的水花唱高音，沙蚕则司职低音区。二者分声部合作，联袂奏响美妙乐章。近年来，盘锦市累计投放沙蚕230万尾，嘤嘤嘤嘤，曲乐余音袅袅。

我一直以为红海滩上的碱蓬草跟许多大自然的植物一样，平常一直穿着绿衣，秋霜一染，才披上红色小褂。

这次夏天来盘锦湿地，一下颠覆了我以往的认知，人家是"自来红"啊！

我近距离仔细观察那些刚出土，才一两寸高的碱蓬草，芽儿很嫩很嫩，株株都是红色。阳光透过来，碱蓬草体内的红色近乎透明，通亮通亮。每株草都怀抱一汪汪浅红色液体，似婴儿脉管，布局有序，活力四射。

那些婴儿小手般的红色嫩芽，抓向天空。

齐膝高的碱蓬草威严整齐，站成训练有素的仪仗队。

岁月的螺丝越拧越紧，碱蓬草的颜色也越来越深：淡红、浅红、粉红、正红，在每年的青春茂盛时节，居然成了高贵的大红！

放眼瞭望，天海相接之处，铺天盖地的大红烈烈燃烧，仿佛整个地球都铺满了"中国红"！

红浪奔腾的碱蓬草令我着迷，也令我震惊，浩浩荡荡的海边滩涂，怎么只有这一种植物？

这些挤挤挨挨、红霞浩荡的碱蓬草，为什么一根杂草都没有？在陆地，在山岗，在废墟，在狭窄的石缝，但凡有一点土，各种植物便疯狂抢占地盘。在此，怎么只有碱蓬草一个种族？

谁也不知道，碱蓬草到底有什么祖传秘方、独门绝技，不惧咸水淹，不怕咸浪打，能咕嘟咕嘟吮吸咸水茁壮成长、持续扩编，壮大家族队伍，让耀眼的红比火还烈、比血更艳，烧红半边天，染红半边地，给湿地披上红大氅，让大海尽情舞甩火烧云水袖……

碱蓬草为什么能"一骑绝尘"？

我突然想起当年中学老师的话："人家行你也不行，人家不行你也不行，到什么时候，你都不行。"

一株草，一个人，一个民族，一个国家，无不如此。碱蓬草自强自立，艺高才胆大，敢于"择一城而终老，遇一人而白首"！

有人看不起小草，又矮又不起眼。我却说，草才是地球绿色的大基本面，这个大基本面向好，我们赖以生存的地球家园才会茂盛繁荣。

有人瞧不起与泥泞浊浪为伍的碱蓬草，我不禁要问，地球上的植物超过 45 万种，在咸水浸泡的险恶生存环境下，还有谁能创造这样的奇迹，齐刷刷挺起脊梁，一草自成乾坤？

刘国强 辽宁省传记文学学会会长，辽宁省散文学会副会长，中国作家协会会员。已发表中篇小说 30 部，出版文学著作 23 部，代表作有《日本遗孤》《罗布泊新歌》《祖国至上》《鼻子》。曾获"辽宁文学奖""辽宁省'五个一工程'奖""孙犁散文奖一等奖""中国传记文学优秀作品奖""第十二届全国少数民族文学创作骏马奖"等。

采风作品

云南篇

（排名不分先后）

大理畅想曲

◆ 黄亚洲

洱海的生态廊道

看来，洱海西边这 46 公里的廊道，这些柳树、水杉、芦苇和鸟鸣，以及游人的悠闲，还有警惕的松鼠，都已经纠缠在了一起。我还看见不放心的清风，把这些又一遍遍地绞紧。

湖边，一个个大公园，套着一个个小公园。树与花，撒得无边无际，连水鸟都找不到尽头。

我走过青石曲桥，刚步上亲水平台，洱海的浪便一轮轮冲我而来，哗哗地越过我脚底，顺便把刚站直的芦苇大面积地推倒。水一旦清冽了，就很任性。

确实，廊道把湖与人居彻底隔开，措施太及时了，整整做了 3 年。一些当时想不通的村民，现在一遍又一遍赞叹：这个我们洗菜洗衣的湖，怎么会像大姑娘一样漂亮！

沿途 23 个漂亮的驿站，都布置了休闲区与艺术馆。拍婚纱照的也太忙，全要预约。湖边不止一处被称为"最佳爱情表白地"。廊道已经成为大理游客流量的"担当"。

我因为年龄关系，今天就不作年轻人的絮絮叨叨的爱情表白了；我只低下头，对向我涌来的波浪，直截了当地说：别老舔我脚，我现在这么渴，就想喝你！

古生村

没说的，古生村的位置，自古就生得好。那三棵钻出水面的大树，是村子深入洱海的"飞地"。无论谁用相机拍摄这半截在水中的古树，都可能摘得摄影大奖。

村里每条干净的街巷，都像大树干净的枝条。青瓦、粉墙、红廊柱，这是谁调的色？我从一个童话的南面走进，从这个童话的北面走出。

没说的，一条生态廊道，就是洱海的一条扁担。这扁担的学名，叫作"经济带"，沿途村庄，一个个全挑起来，一个都不准少。当然，古生村是最缤纷的一个，连这个村子种的粮食，都是虹霓般的"彩色水稻"。

我跟村里的一位环保员攀谈了一下，他很有感慨，说自己也认不出自己的村子了。这话我信，这就像洱海里的一条鱼或者一只虾，已经不认识早先的洱海一样。

喜洲农耕文化艺术馆

自古，喜洲重视农耕文化。自古，喜洲商帮就习惯于把赚来的钱，交给家乡的春风，吹成秧田。

稼穑集喜洲所有的商贸集团，都沉甸甸的，看上去，都是每年金秋饱满的稻穗。

所以，稼穑集喜洲农耕文化艺术馆就把这句话，放在进门的地方："土地是一个大写的创造者。"

显然，墙上各式的图片、屋角各式的农具都出自土地。民间所有的风俗，都是节气的孩子。

插秧时节的秧官，看他的一身衣服，就是一首诗：蓝裤子是洱海，白色小坎肩是苍山雪，帽穗是风，八角帽上全是风花雪月。

所以说，喜洲商帮不管走到世界哪个角落，其实都是秧官的形象。他们都善于在自己的账本上，用熟练的插秧动作，插下泰铢、卢比、美元、英镑，然后在金秋，验收稻谷、麦穗、蚕豆、菜籽。

这就是中国式的收成：喜洲在自己的土地上，插下商帮；商帮在农耕的理念里，收获喜洲。

这就是我今天的学习体会：喜洲，应该有这样的一个农耕文化艺术馆；在这样的艺术馆里，应该挤满成片成片的秧苗一样的孩子。

弥苴河

全长 22 公里，北起普陀泉，南至洱海；两岸绿油油的滇合欢、黄连木，她一路手牵。

仿佛，绿油油的波浪走在河里，也赤脚走在岸上。

谁喊我一声，都看不见我人影，只有树叶替我回答。若是树叶的声音不响亮，鸟儿会赶来补充。

走入弥苴河，就是走入纵深 22 公里的公园。鸟鸣的袭击，来自四面八方。我一路幸福地"中弹"。

好几棵树上都挂着这样的牌子：洱源净、洱海清、大理兴。这个县的带头人很有想法，口号就是他提的。于是我知道了，洱海那勺水，为什么总是清冽的；原来，我走的是一条勺柄！

劈面见一棵"霞客树"，树冠好大。徐霞客在游记里说"其中弥苴佉江似可通大舟"，又说自己"乃复下舟"。这位老徐，是从我们浙江宁海开游的，而他就在这里，画上了自己全部游记的句号。

没别的原因，他是太喜欢这里了。我猜想，那年，他肯定也像我一样，刚下舟，在"霞客树"上系紧缆绳，忽而，就"中弹"倒地了。

茈碧湖

你好啊，茈碧湖，洱海的源头！——洱海瘦削而安详的母亲！

你比我家乡的西湖略大一些，8平方公里。每天，你都坐在罢谷山下，用波纹，做着针线活。日子宁静。

你也时常放下针线，想起远方的孩子。其实，远方的孩子，也做母亲了，她哺育着大理！

一切的缘由，都是你太清冽了，全域Ⅱ类水质。你指给我看水下森林，我就看见了，叶子上，鱼以鸟的形式生存；你又指给我看草海湿地，我就发现，湿地大片的红荷花都是重瓣的，花形比我家乡西湖的略复杂一些。我知道这湿地的复建，让你特别开心，那么多白云，都能以白鹭的名义降落，让你的透明，更接近天空。

你好啊，茈碧湖，我今日远道来看你，就因为，我在红尘过于疲累，生活的外衣，已多有破损。我祈望，在你递给我的木凳上小坐一会儿，祈望你细腻而安静的针线活，立等可取。

茈碧湖深处的梨园村

梨花季节，那种白天白地的盛景，我没见着。但是看见湖边荷花，纷纷从举伞的荷叶中钻出，向我致意，要求我把她们写到诗中。她们不输梨花。

但我觉得，大片的浮萍，在波浪中那种不停地立正与稍息，那种悠然的节奏，更见诗意。

其实我看见，整个村子都是依着这一律动梳妆自己的，头上，遍插花、云和鸟；鞋面，缀满小雏菊、狗尾草和蚂蚱；见我来，立正；见风来，稍息。

我沿着村道逶迤前行。7000 株古梨树，以及许多身姿绰约的年轻梨树，约好了似的，一起用她们密集的影子，推撞我，仿佛是故意让我一路醉步。

我在村里用午餐，整村的梨树陪坐。她们甚至劝我吃得清淡一点，以果蔬为主，以便与村子的节奏保持高度一致。我还没应答，窗外荷花就一起点头叫好，见我夹一筷，就立正；见我喝一口，就稍息。

美丽的剑川县石龙村

海拔 2600 米，马铃薯、玉米与芸豆很适合生长；美丽乡村的荣誉，也适合生长。

猴子也是一种生态的美丽。还没进村寨，就看见猴子成群。这时候老乡会借你一根木棍，你砰砰一敲地面，所有猴子立马就守法文明了。

美丽，不仅在于周围山头长满云南松，林子里那些松茸、鸡枞菌、牛肝菌、北风菌、青头菌、桂花菌，总是密密麻麻，围着老乡的竹篮子打转；今晚，也会出现在我的汤勺上。

歌声当然就更美丽了。杨丽萍要的白族群众歌手，全是从这个村子挑选的。我今天欣赏的是"龙头三弦"与"石龙霸王鞭"，还有情歌对唱，休止符是双方的媚眼。我甚至觉得所有这些接地气的节目，都应该上央视。

现代民宿也是这个美丽乡村的亮点。我坐在"喜林苑"的玻璃露台上，伸手就能搂住近处的云南松和远处的青山。猴子幸亏在远处，没有过来。

唱罢情歌的歌手悄悄告诉我，歌一旦唱完，事也已成功，地点便是村外松林。我虽没听懂一句歌词，但顿然觉得，这个村子，所有的时间与地点，都美丽得要命！

剑川县的县树，是黄连木

　　我一大早就瞅着一棵树龄600年的黄连木发愣，如此抱团上升的树干，如此坚韧美丽的叶子！好似大半个天空都降落在树冠上，它的根系，也几乎团结了整个寨子。

　　它年轻的时候，当过拴马桩。每天晚上，马帮们都把湿透了的南方丝绸之路，拴在它身上。现在长年岁了，那就不妨以县树的身份，出任剑川县形象大使，稳重、坚毅、大气，不用走上主席台，就人人鼓掌。

　　二月的新叶还能食用，降燥热，使人清醒。当然，十月一到，它又准时呈现高度的热情，满树的绛红与橘黄，仿佛东风在展开一面巨幅的五星红旗。

　　我在剑川县沙溪镇的这个早晨，惊讶地、长久地注视着它。

　　它与它的弟兄们，遍布整个沙溪，也遍布整个剑川。这一刻，我听见了驮马的响鼻。马帮汉子们一圈一圈地解下拴马绳，吆喝一声"上路"，只把这棵树留给现在的人民政府，作为这个县"一马当先"的图腾。

黄亚洲　作家，诗人，编剧。曾任第六届中国作家协会副主席、中国作家协会影视委员会副主任、浙江省作家协会党组书记兼主席。现任中国电影文学学会副会长、中国作家协会《诗刊》编委。

云南纪行

◆ 许　辉

滇池

我 30 年前到过滇池。那是地质矿产部组织的一次采风活动，因为我要去上海领首届上海政府文学奖，只好提前离开，所以对昆明、对滇池的印象很是深刻。那时的滇池还未加修饰，周围多为农田菜地，狭窄的道路上挤满了游客，大观楼里也人挨着人，我买了一瓶加了糖精的汽水，喝起来觉得很上档次。

此后一直未能再去滇池，但滇池的新闻却时不时在媒体上出现，有时甚至令人十分挂心。滇池在 20 世纪 50 年代大多为Ⅰ类、Ⅱ类水质，也是周围居民的饮用水水源。但由于工业化和城市扩张，滇池生态遭受连续重击，一度成为中国污染最严重的湖泊之一。当地人对滇池水质有形象化的概括，"60 年代淘米做饭，70 年代游泳洗菜，80 年代开始变坏，90 年代风光不再"。这种种状况不但让老百姓十分不满，也使各级政府倍感压力。

在各级政府和人民群众的多年坚持和努力下，滇池水质不断好转，从 2015 年的劣 V 类水质，提升为 2021 年的全湖 IV 类水质，滇池水质改善工作取得了重大进展。但在我这样的外地人、外行人看来，滇池的治理就那么难吗？多投些钱，多下几根管道，多建几个污水处理厂，问题不就解决了吗？带着这些问题，一路走，一路向专家请教，直到在"滇池保护治理科普中心"看到地理模型时，我才初步弄清了滇池治理的难点所在。

原来，昆明地区是一个四周多山、中间低洼、北高南低的盆地型地块，滇池大致呈南北走向，流入滇池的 35 条河流集中在东部或东北部，由于受地理条件的制约，这些河流均短小窄浅，水量有限。昆明城区也构筑在滇池的东北部即滇池来水的上游地区，而滇池却只在西园隧洞和海口闸阀有两个出水口。由此，昆明地区滇池流域所有地表水和城镇污水，经净化处理后大多汇入滇池排出，再加之汇入水量不大，造成水动力不足和水置换周期长。这是滇池难以治理的根本原因。因此，滇池的治理现在能达到全湖 IV 类水质，可以说是一个了不起的阶段性成绩。

我们在一个飘着零星小雨的深秋的下午，前往滇池的宝丰湿地观览。站在望湖观鸟台远眺，只见滇池水势浩然，草随风动，鸥鸟奋飞。我是亲水的，喜欢湿地和水生植物，于是一路上一边撩动刚刚下雨在草梢上形成的水珠，一边满足地欣赏湿地和浅水里那些优美的水生植物。那是水竹，它们一丛丛长得绿意盎然；那是再力花，叶如硬鞘；那是芦竹，劲拔有力；那是美人蕉，花开得稍俗但大方热烈，它们的大叶子很像猪八戒的招风耳；那大概是芒，不是荻，荻的花是白的，芒的花是灰的……一尾鱼跳起来惊扰了我的迷思。滇池湿地的秋天，真好。

洱海

来到大理，我终于把当地的地理情况弄清楚了。

苍山在洱海的西边，是一列南北向的山脉，它是云贵高原和青藏高原的分界，往西，是青藏高原的地质板块，往东，大致就属于云贵高原板块了。

洱海在苍山的东边，是云贵板块和青藏板块交集碰撞形成的断裂带，长期存水后形成了湖泊。

苍山和洱海之间是苍山里流出来的河流冲积而成的平原，古人发现这样的地域最适合取水、农耕和生活，水的来源既不困难，西北高、东南低的地势也不会受到水害的侵扰。因此，人口越聚越多，最终大理这座历史悠久而又风格独具的城市就诞生了。

20世纪80年代，洱海水质优良，一直保持在贫营养状态，洱海随处可见水蓝天青、鸟飞鱼跃的画面。但随着经济的发展、生活方式的改变和人口的增加，湖水湛蓝的洱海，也经历了由贫营养化向中营养化，甚至富营养化的演变，1996 年和 2003 年，洱海两次暴发全湖性蓝藻灾害，水质急剧下降，洱海面临着水体污染、水质恶化的困局。

经过持续而科学的治理，退塘还湖、退耕还林、退房还湿，取消网箱养鱼、取消机动船，以及禁磷、禁白、禁牧等措施，洱海的水重新变清了，天重新变蓝了，景重新变美了，白族人家的小院变得更有个性和风味了，洱海全湖水质已经数十个月保持在Ⅱ类水平，洱海的治理，取得了令人称赞的成绩。

沿环洱海生态廊道北行，两侧绿草如茵，青树如云，白族人家的白墙院落点缀在青树、绿草和石板小路的背景中。

当地"金花"小张告诉我们，白族的这个"白"字，不是别的，就是白族人喜欢纯洁、喜爱洁净、心地纯洁的意思。

小雨时松时紧，带雨的湖风吹在湖边浅水的蒲草丛上，大片大片的蒲草柔韧地起伏，像极了大理白族女孩柔美的腰肢。湖面上鸥鸟的清鸣也时松时紧，或远或近，恬淡和美。

更加惹眼的是湖边草地上一拨又一拨拍婚纱照的准新娘，她们完全不在乎一阵松又一阵紧的小雨，也不在乎正在下降的气温，她们在乎的，应该只是人生的一种大美吧，那不仅仅在洱海边，更在自己的心窝里。

洱源

洱源，顾名思义，是洱海的源头。洱源既指洱海的源头地区，也指洱海源头地区所在的一个行政单位—洱源县。

洱源县弥苴河的桥边，有一个标牌，写着这样一些字：

"弥苴河简介：始建于唐代，即南诏前的大诏时期（公元649年），属澜沧江流域洱海水系，北起普陀泉，南止洱海，经流面积约1256.1平方公里，全长22.28公里。年均输入洱海水量约5亿立方米，占洱海总水量的57%。弥苴河古树群现百年以上古树有3000余棵，是迄今为止洱源县最大的人工种植的古树群。"

一边有人惊叹，一边有人发问："这个'苴'字怎么念？""'苴'字念'jū'。"当地生态环境部门领导告诉我们。"其实，弥苴河的'弥'，最早是带三点水的，后来，也是古时，人们图省事，写着写着，就把三点水丢了，只剩了这个'弥'字。""哦哦，原来如此，好古老的一个河名呀！"

沿河左逆流西行，河堤上古树参天，古树下小径幽然。往河堤下望去，两岸古树夹峙，古树的枝杈上垂下成片的藤蔓，悬垂在河面上，随风飘动，甚是梦幻。河堤高耸于河道，暗相比较，原来河道里的水，比河堤外的平原、村庄要高出不少。"是一条悬河呢！"有人惊奇地叫道。当地生态环境部门领导说："是的，因此每年汛期，防汛的任务都很重。"

河道里水流湍急，略有些浑浊，滔滔不绝，匆匆而东。"这些水有些浑浊，流到洱海里，不会污染洱海吗？"有人窃窃私语，却不想被当地生态环境部门领导听了去，大声回道："现在河水有些浑浊，是因为刚刚下过雨，其实，现在这条河里的水，都是Ⅱ类水呢。"

上游的茈碧湖已经是Ⅰ类水质，比弥苴河里的Ⅱ类水又好了一层。有人禁不住感叹："茈碧湖这湖名也很雅呢！古代这里给河湖起名字的乡贤，个个很有文化呢！"

茈碧湖畔，有个古老的小村子——梨园村。梨园村里的梨树都有百年以上了，品种却是老的，果子结得小，不太适合当代人的口味，不过做出梨膏来据说品质上乘。

梨园里的果子落了一地，草丛间、湿地上、沟沟里、坎坎旁，看去叫人心里直呼可惜，但又想它们也算落果归根了。落在地上的果子，有些还完整，有些正在腐烂，有些已经发酵了，于是梨园里弥漫了一股淡淡的果酒味，有那么一点儿醉人，又有那么一点儿催情；有那么一点儿宽展，又有那么一点儿安慰；有那么一点儿浪漫，又有那么一点儿怀才不遇。

午餐后临时在古梨树下的摇椅上歇息。以为这是老子的鸡犬之声相闻之地，眼见的却是一树树猩红色的三角梅；以为这里是陶渊明的桃花源，耳闻的却是梨园外水那边的欸乃声。这时一棵老梨树上的果子掉下来，砸在我的头上。我眨眨眼醒过来，原来是有人吆喝着上船了。太阳是有点儿西偏了呢。

剑川

剑川县的石龙村依傍在山坡上，由高处望过去，在大山碧绿的背景前，村庄的墙壁或白或黄，层次分明，让人的内心瞬间安静。村庄外的农田里，生长着成片的玉米、高粱等旱地作物，低洼的水田里则水稻抽穗、荷花婷婷。

歌舞声在另一道坡上传统夯墙的山居里响起来了。传统的夯墙由湿土夯筑而成，外表鲜黄，冬暖夏凉，既生态环保，又别具风味，足见当地人对生态环境的观念和态度。在宽敞的山居里品茶赏山，对歌交流，感受到的不仅是茶香歌浓，更有人与天地自然和谐共生的自在和舒坦。

沙溪古镇则是南方连接中国与东南亚、南亚和我国藏区茶马古道的必经之地。历史上，这里客商如云、马铃叮当。

古镇的中心坐落着一座至今保存完好的全国最大的白族密宗寺院兴教寺。沙溪又称寺登，寺登是白族话，"寺"即指兴教寺，"登"是村落的意思，寺登也就指围绕兴教寺建立起来的村落。向晚时分，沙溪小镇已经沉静下来了，慢慢走过老街中心的兴教寺和兴教寺对面的古戏台，一种历史的苍远感油然而起。

剑川湖是剑川人民的"母亲湖"。春来剑川湖万物众生，夏至剑川湖草肥水美，秋临剑川湖鱼丰虾跃，冬降剑川湖野鹭悠然、湖天一色。

　　剑川不仅环境友好、生态佳美，处于南方丝绸之路重要节点的地理位置，更是给剑川的历史文化留下了浓墨重彩的一笔。在距离剑川湖250米的地方，是著名的海门口遗址，在1957年、1978年和2008年的多次考古挖掘中，从海门口古遗址出土了大量松木桩、青铜器、陶瓷制品、碳化麦、稻和粟，证明在距今5000多年的远古时期，古人类就在此地繁衍生息，创造了辉煌的文化。其中碳化麦的出土，也证明小麦从地中海沿岸东传的路径可能并非仅有西域北线，还可能存在南方的传播路线，这些都是有可能改变人类文明史的重大发现。

巍山

　　巍山彝族回族自治县坐落在大理州南部，我们赶到县东莲花村时，已经过了正午。

　　巍山县的王副县长，对巍山地理、历史了如指掌，兴致勃勃地给我们讲当地的历史文化。原来，巍山是红河的源头地，红河是云南六大水系之一，且是源于云南境内的唯一一条国际性河流，由云南出境后，从越南境内注入北部湾。巍山又是南诏古政权的发源地，红河及其他河流不仅养育了巍山的山林万物，也培育滋润了兴盛一时的南诏文明。

　　巍山古城是全国保存得最为完好的古城之一，巍山古城建成于明洪武二十三年（公元 1390 年），以星拱楼为中心，辐射东南西北四条主街。但古城从无战事，当地百姓在田园环绕的自然环境中，过着祥和宁静而又富足的生活。

王副县长说，巍山的生态环境保护工作也一直抓得紧，森林覆盖率已达全县面积的 64.53%，湿地面积达 3896.91 公顷，湿地保护率达 73.06%。巍山县 1994 年被国务院公布为国家级历史文化名城，现在还拥有中国彝族打歌之乡、中国彝族祭祖圣地、中国民间扎染艺术之乡、中国名小吃之乡、中国最佳魅力旅游名县、云南省美丽县城等响亮的名号。

随后我们踏访东莲花村。东莲花村坐落在红河支流米汤河畔，是个有 600 多年历史的古村落，村内的数十座清代和民国时期的建筑及清真寺都保存完好。东莲花村也是历史悠久的茶马古道间的重镇。当地的马氏兄弟策马经商，积累丰厚，留下了宅深院厚的马家大院。马家大院多为木结构，虽古旧但结实耐用。站在二楼的木廊里，倾听岁月的回响，叫人生起一种逝者已远的思绪。

巍山古城的街巷还都是老砖或木门建制，看起来不大的一个门面，轻了脚步走进去，一层又一层的，渐深，渐远，终于一处宽敞的院落或居所，让人吃一大惊，这大概就是巍山人的内敛和深厚吧。一个一个地进了、看了，不经意间又看见一个门店里有"巍山县女作家之家"的牌子，心里就想，怪不得一路陪同我们的巍山县的一位吕姓工作人员那么有亲和力，想来她就是从这种古城文化环境中熏陶出来的吧。

许　辉　　中国作家协会全国散文委员会委员，安徽省作家协会第五届主席
　　　　　团主席，茅盾文学奖评委。出版文学作品近60种，作品获多项
　　　　　文学奖。

领悟苍山洱海

◆ 谭曙方

　　在这个凉爽的秋天，在海拔 2249 米的苍山白鹤溪站，我乘缆车顺山谷缓缓而上，很快就进入鸟瞰视野。眼底的树木浓密且高大，看不到哪怕是山间小路的一点缝隙，也看不到裸露的岩石。墨绿的树冠覆盖了山峰，与其浑然一体。那一棵棵树冠浓郁的大树似乎也是从山底一步一步攀爬而上，臂挽着臂，手拉着手，向着蓝天白云，向着七彩阳光缓缓攀升。它们真是苍山的精灵。

　　山巅的冷杉并不太高，但它们坚挺的身姿如护山武士一般，壮硕英武。浓雾弥漫了山巅山谷，遮挡了视野。在海拔近 4000 米的洗马潭，尽管无法看到山巅景观，但我知道，即使苍山最高峰的积雪经夏不消，那里的雪线也一定是一点一点地退缩了，因为气候变化，全球变暖。

　　上苍山前，我特意看了在大理火起来的短片《一掌雪》。片中，阿奶带着孙女阿月上苍山采雪，而后到小镇上调成蜜雪卖与行人吃。阿奶断断续续地将苍山洱海的传说讲给阿月听：

小龙一个,大龙一群,飞来飞去,飞到天上就下雪了。雪落下来,落在种子里,种子一颗发芽,长出大树一棵。两座山分开,门开了,苍山的雪流进洱海里。后来,一个个村子长出来了……

"一掌雪"是白族人的乡愁,也是我们的乡愁。乘坐索道下山途中,洱海沿岸大片大片的白色民居一点点清晰起来,其壮观美景宛如河岸盛开的鲜花。当缆车晃悠着滑出山谷时,我忽然想象那苍山十九峰夹持的十八溪就是年年岁岁如此这般流淌而下,滋养着洱海两岸的城镇与乡村。

苍山是白族人的靠山,也是他们的神山。它呈南北走向,北起洱源县邓川,南止西洱河,全长50余公里,最高峰海拔4122米。大理市靠苍山东坡,当地人管苍山洱海之间的地带叫坝子,他们生存、繁衍在苍山洱海之间。苍山洱海山水相连,宛如一幅云贵高原的天然神奇画卷。守护苍山就是守护洱海,就是守护大理人自己的家园。他们在州、市县、乡镇压实了三级林长制,各级总林长由当地党政部门"一把手"担任,乡镇林长之下是星罗棋布的护林员,这个强有力的组织系统守住了苍山,守护了中国乃至全球这一拥有丰富生物多样性的地质公园和著名的植物标本模式地。我突然悟到,苍山的护林员就如同苍山种类丰富的阔叶林与针叶林一样,也是苍山的精灵,与苍山浑然一体,共存共荣。

在大理,人们称白族姑娘为"金花"。"金花"喜欢着漂亮服饰,那顶色彩缤纷的帽子叫"风花雪月"。风是下关的风，就是那条飘在"金花"胸前的白穗带，强劲时可以撕扯衣襟，也可以吹散弥漫在心头的尘埃。花是上关的花，就是环绕在"金花"额头的姹紫嫣红，它开在洱海两岸。雪是苍山之雪，即"金花"头顶那圈洁白，如神山耀眼的王冠。月即是弯弯的洱海，即"金花"帽子上那"白雪"与"红花"之间的一道幽蓝。

"苍山不墨千秋画，洱海无弦万古琴。""金花"等于是将苍山洱海膜拜在头顶，如此一来，与苍山洱海便有了相互感应。也许阿奶会说，那叫敬畏风神、花神、山神和月神，而我说，那寓意是——敬畏自然。"金花"将蓝天白云扎染于自己的服饰，唱情歌，跳霸王鞭舞，点燃火把节，纵情欢乐于苍山脚下、洱海岸边。"金花"们在苍山洱海间的坝子上生儿育女，生下的男子像苍山，生下的女子像洱海……

洱海这颗晶莹剔透的蓝宝石，恰好被上天镶在了大理白族自治州地域的中心。自古以来，当地人依洱海而居，在农耕与捕鱼的劳作中繁衍生息。随着时间的流淌，村子、城镇越来越密集地触伸在洱海身边，使得原本安静清澈的洱海被挤压得几乎透不过气来。忍辱负重的洱海，在 21 世纪初暴发了全湖性蓝藻，水质急剧恶化，向人们发出了警示，作为水质风向标的海菜花也杳无踪影。

大理人当然听得懂洱海的语言，他们在环洱海边画出了一条 129 公里的绿色生态线——洱海生态廊道。有人说，这条线是保护洱海的屏障，可当我漫步于这条生态廊道，走进洱海边原生态的湿地，又带着洱海复苏的吟唱，在白墙青瓦的民居客栈品尝一杯美味的咖啡后，倏而感觉洱海生态廊道绝不是一条屏障，而是一条有形的绿色文明线。

大理人无疑是从洱海边文明地礼让了一大步，这一步让洁白的海菜花又含着微笑飘舞在洱海。在洱海边的古生村，一位村民对我说：之前我们是靠海吃海，现在我们保护了洱海，也享受到了洱海变化带来的好处……

那洱海的源头又如何呢？在洱海发源地洱源县，我沿古树环绕的弥苴河上行到了茈碧湖。茈碧湖因湖里的茈碧花而得名，在碧绿的水草之上，乳白色的茈碧花瓣环抱着欲开未开的淡黄色花蕾，显出天然的高贵。

湖的北端有一个梨园村，名字听起来很古雅。这个世外梨园小村，有118户人家，三面环山，一面临湖，坐卧在半山腰上。村内栽种有树龄500年左右的古梨树7000多棵，与小村的历史一样古老。在村里一个小型污水处理站门口，一位年轻的工作人员指着一张污水处理图向我们讲解：这座新建污水处理站位于梨园村地势最低的西南角，采用硅藻精土处理工艺，出水水质可达一级A标。这里环村改造了排污管道，对118户的污水全收集不留死角；还将全村水资源循环利用，将湿地尾水提升后，通过1820米的管道自流到村北端山坡高位蓄水池中，用于灌溉山腰干旱的果园和环村的植被……

不让一滴污水流进茈碧湖！梨园村截污治污的目标令我惊叹不已。清澈的茈碧湖会说话。我不需要吃遍一棵梨树上的梨子去了解梨子的滋味，小小的梨园村就像一阵风，吹走了我来之前一直悬在心中的那个问号。洱海的源头是洱源县没有错，不然怎么叫洱源呢。弥苴河、茈碧湖的水质从源头上保障了下游洱海的水质，但我感慨的是，如今清澈洱海真正的源头是其上游许许多多的"梨园村"，这里的人们艰难地摒弃了于生态不利的习惯，选择了与自然环境和谐共生。

在喜洲古镇稼稿集喜洲农耕文化艺术馆里，我看到了大鹏金翅鸟的一张甲马画，鹰一样的尖嘴，人一样的面孔，伸展着翅翼，十分威武。大鹏金翅鸟是白族人的图腾，传说它遍体金黄，双翼张开长达三万六千里。之后，我又在苍山脚下的一广场看到了金光灿灿的大鹏金翅鸟雕像，它耸立于莲花座之上，翅膀内卷，欲腾飞而起。"金花"说，金翅鸟镇住了苍山洱海，还说大理的大鸟窝里住着喜鹊与布谷鸟，大蛇整天盯着，想吃鸟窝里的蛋，可大鹏金翅鸟把大蛇叼走了，于是小鸟就一只只飞出来……

这传说好美。于是，苍山洱海吉祥、平安。

谭曙方　中国作家协会会员、中国散文学会理事，山西省散文学会会长。著有诗集《黑色畅想》《神话的星空》，散文集《穿越勃兰登堡门》《孤旅幽思》《心灵的真相》《梦海探秘》，纪实文学《飞越太平洋》《时代的肖像》《圆满人生》《六福客栈》《探秘西亚斯教育》等十余部作品。主编了《新语文名家散文精选》系列丛书。曾获"冰心散文奖""诗刊社新世纪诗歌大赛奖""中国报告文学学会征文大赛奖""中国副刊奖""西部散文选刊奖"等。

在云南，总有一种景致让人忘不了

◆ 华　静

秋日赴彩云之南采风，是个好时节。没想到，遭遇连日降雨，气温骤降至13摄氏度左右。但我们的兴致并没有因此"打折扣"，在小雨中开始了步履匆匆的走访。

一端是滇池　一端是情怀

感受滇池，从位于滇池北岸宝象河入湖口的宝丰湿地开始。

走在风景秀美、布满碎木屑的湿地小路上，我一边呼吸着据说种有石龙芮、水芹菜、云南鼠尾草、滇水金凤、风车草等100多种植物散发的气息，一边欣赏着水阔天阔的空间里，芦苇丛中红嘴鸥、渔鸥、白鹭以及一些叫不上名字的鸟儿，展翅在水面上飞翔的身影。

我的父亲50多年前因支援"三线"建设在昆明工作过几年。

在他的眼中，当年的昆明简直就是一幅画，仅那郁郁葱葱、一片又一片的绿树花草，就一直盛放在他如今80多岁的记忆中，久开不衰。

现场，昆明市人民政府副秘书长李雄彬给我们介绍宝丰湿地以生态环境复育为核心、以水质净化为基础所做的工作。

"选择适合滇池周边环境条件的生态群落配置，去除入侵物种等生物因子及人为干扰因子，形成水生、湿生、陆生复合生态带，恢复和保护滇池湖滨的生物多样化。"

"将花、草、鱼、螺、蚌、鸟等滇池原有的生物聚合起来，达到修复湿地、治理滇池的目的。"

宝丰湿地像是一个浓缩版的实验室，成为滇池生态修复的试验场。

我向昆明滇池管理局局长陈净提出想采访几位科研人员和工作人员，进一步了解滇池治理和保护有关的故事。

陈净热心地推荐了几位同志，我以电话采访的形式与他们做了对接。

任勇峰，现任滇管执法总队副总队长。军人出身的他，说起工作来侃侃而谈。

"2009年，我们开展河道排水口的全面普查，没少夜间去河道蹲守，为查询排污口积累了不少资料。"

"去年，开展滇池一级保护区排查工作时，湿地里的植物高，又刚刚下过雨，地面松软，我在前面走，没留意脚下有个

2米深的坑，旁边还有根1米深的排水管，水正急速流进湿地。后面的人突然发现我不见了，马上循声过来才把我拉上来。像这类险情，之前执法过程中也有过。"

"绿色植被中也处处有危险啊？"我惊异于他们工作的艰辛。

"省外的人来昆明，最想看的是滇池。我希望我们的孩子能够看到滇池最美的模样。"

由衷的话语，透着一种责任。

潘珉，1978年出生在贵州都匀的水族女性，已经是环境工程高级工程师。现任昆明市滇池高原湖泊研究院副院长、昆明市科技局专家库专家。

"我是2004年云南大学研究生毕业后来到这里的。刚来就赶上成立研究所，到现在快20年了，见证了滇池水质的改善和生物多样性的恢复。"

在和潘珉的对话中，我了解到"蓝藻水华"的由来：滇池流域地处云贵高原，属于低纬度高原山地季风气候，冬无严寒，夏无酷暑，适宜的温度及充足的日照，为藻类光合作用及繁殖生长提供了有利条件，这也是滇池水华易发的缘由。

"当年我们采样时，请来了国内顶尖的专家在湖周边调查、采样、技术指导，找寻藻类变化规律，摸清退化规律。藻类有毒，一旦沾在手上又臭又痒，我们必须戴着手套操作。而且，藻类散发出的气味也令人极不舒服，那种臭味至今让我记忆犹新。"听着潘珉的叙说，我仿佛也看到了蓝藻留在岸上的斑驳痕迹。我不敢走神，对她面对工作表现出的认真态度肃然起敬。

"我们要做的，不是让环境处于亚健康状态，而是健全其自我消化的能力，有大的环境容量可以自我代谢。"

"以前是书本上的知识，而工作却要在实践中积累经验。只有这样，才能提出更高的设计理念。"

潘珉说，平时，他们做现场调查一做就是一天，十天半月都在外面，带着地图，察看水系布设、植物配置、现场低洼区，不断了解情况。比较常见的是在湖面上采样，每次都带很多瓶子和采样桶，装满后带回实验室。

云南属于低纬度高原山地季风气候，受印度洋西南暖风气流的影响，滇池虽水面很宽，但浪大浪高，刮春风时尤甚。有的同志晕船，一边采样一边吐，吐完了接着干活。和自然打交道多年的老同志有经验，哪天能出船他们心里都有数。太阳出来后，11点的浪会特别大。于是，他们就天蒙蒙亮时出船，10点前靠岸回来。久而久之，潘珉说他们都培养了一种自然智能，很有收获。

如今，关注滇池的人越来越多。有很多人找到潘珉他们，希望为滇池水环境治理和生物多样性保护尽一份力。

陈实，排水专业、环境工程专业的高级工程师，昆明滇池湖泊治理开发有限公司总经理。近年来，他一直积极致力于探索滇池蓝藻治理的科学方法。

"急难险重勇当先，保持紧张不松懈。"这不是口号，是他们身体力行的做事原则。陈实他们还用了相当大的气力阅研各地治理蓝藻的新型技术、先进经验，提出了三点工作原则：坚持一切行动听指挥，坚持主动防控与应急处置相结合，坚持立足长远、标本兼治。

"压力很大，但我们相信与其被动应对，不如主动出击，摸准拿稳蓝藻的习性才是硬道理。"陈实说。

从 2018 年开始，陈实他们研究制定了管理办法、规章制度，编制了行业标准和技术规程，硬是将蓝藻防控处置工作做到了制度化、规范化、精细化。

"截至 2022 年 9 月，我们共接洽应急保障工作 104 次，其中，保障过程中投入各类工作船 8496 次 / 艘，投入人工 17488 人 / 次。这些数据，是工作记录，也是我们治滇人一份责任心的记录。"

美丽滇池，生态滇池。通过现场采风和电话采访，我了解到了生态环保人为保护和修复滇池生态付出的常人难以想象的努力。

在湿地出入口海丰桥和观鸟廊上，我拍到了白鹭、灰鹤等珍稀鸟类飞来飞去或落在水边歇息的画面；在沉水廊道，我看到了在水中畅游、繁殖的国家二级保护动物滇池金线鲃，看到了滇池水质的指示物种海菜花以及曾在一部小说故事中才知其名的云南柳。

明代词人范汭的《滇中词》写道，"秀海海边葭荻秋，滇池池上云悠悠。人心恰似此中水，一道南流一北流"。

明代文学家杨慎的《滇海曲》描写，"昆明池水三百里，汀花海藻十洲连。使者乘槎曾不到，空劳武帝御楼船"。

自然生态的美与古代诗词的美早就铸就了滇池的文化之美。

一切，都回到了梦开始的地方。

一边是洱海　一边是责任

在大理，因为洱海，因为洱海生态廊道，我享受着久违的清新和放松，好像每一个细胞都在尽情释放。

唯有将生态文明建设与人的生活相结合，才会有鲜活的设计呈现。住在洱海边的人们已经意识到，真正的富足在于精神的充盈，在于良好生态环境的赐予。

我们在洱海边的古生村座谈。坐在我对面的古生村党支部书记何桥坤，发言特别实在："我在这里土生土长，对洱海有很深的感情。只要古生村这个'大家'好，我这个'小家'同样会好。"

何桥坤语速很快，虽然他带有方言的普通话我听不太懂，但他坚定的目光中透出的"家乡是最好的地方"的表达，我读懂了。

座谈会后，我主动拿出笔记本，留下他的电话号码，我们自此开始通话作进一步沟通。

"2015 年，习近平总书记到古生村考察，听取了洱海保护情况介绍，嘱咐我们一定要把洱海保护好。当时我就站在总书记旁边，心情非常激动，也深受鼓舞。"

据他介绍，近几年来，大理白族自治州各级党委、政府都很重视洱海保护，采取了保护洱海"七大行动""八大攻坚战"，以及"三禁四推"等减少面源污染的措施，还为家家户户建设了污水收集管网，不让污水流入洱海。

"这几年洱海的变化很大，水质明显改善。以前水质不太好，候鸟来得少，洱海里的鱼虾我们都不愿意吃了。现在水质好了，候鸟也来得多了，人居环境改善了，村容村貌也改造提升了。你们过来时也看到了，苍山十八溪中的阳溪从我们村里流过，那溪水都越来越清澈了。"

"您认为现在变化最大的是哪方面？"

"当然是村民们的环保意识。以往，村民都去洱海岸边挖沙，最近几年别说去挖沙了，就连乱排污水、乱倒垃圾都自觉杜绝了。因为大家认识到保护环境、保护洱海不是为了别人，而是为了我们自己和后代。"

如今，生态环境保护已成为洱海人的常识。

我们了解到，现在"共护洱海"的项目和行动很多。大理白族自治州与中国农业大学、云南农业大学三方合作攻关，中国工程院张福锁院士带领团队 2021 年年底来到古生村，住在村民家里，租民房变身科技小院，还在村边建试验田，研究洱海面源污染的解决之道，帮助古生村规划未来。两个年轻的研究生还当上了村主任助理，负责村务和党建工作。

听着何桥坤的叙述，我们为这个有着2000多年历史的村庄感到高兴。村里那些建筑有序的白族民居群落，仿佛让我看到了最美乡村的风貌和远景。

古生村党支部副书记李琴是位女同志，座谈会后我也留了她的电话。从她那儿，我了解到古生村村民生态环境保护意识提升的过程。

"在洱海治理过程中，是出现了认识的曲折。但后来，经过大量的走访和思想工作，村民们逐渐对环境治理持支持态度。住着舒服，走着舒服，家门口就是生态公园。环境好了，来的人多了，把外面的见识、知识、文化都带过来了。村里的老人也会说普通话了，房东会做各种地方的特色菜了，更重要的是，会生活了。"

生态廊道建好后，廊道边开设了咖啡馆、饭馆以及高端茶室等，一些精品民宿也在建设和完善中。白墙黛瓦，落地玻璃窗，勾勒出一幅田园牧歌式的景象。

有洱海的大理是幸运的。

只是，当人们在欣赏这些美丽的自然生态时，有没有想过背后是谁在守护？

保护苍山，保护洱海，保护乡愁。这是生态环保人的使命和担当，是大理几代人发自内心的愿望。

情怀何其厚。大理白族自治州牢记习近平总书记"一定要把洱海保护好"的指示，把绿色革命融入每天的日程。连续两年，生态环境部公布的洱海水质评价结果皆为"优"，优质水质的指示物种海菜花回来了，络绎不绝的游客赶来了，他们牵着手或骑着单车，徜徉在洱海边，享受着时光和生态的美好……

任务何其重。一场蓝天保卫战，从优化产业结构入手。施工现场扬尘治理，治的是垃圾清运和运输覆盖，构建清洁低碳高效能源体系，监管一直延伸到农村偏远地区；一场碧水提升行动，从清除身边的黑臭水体开始。污泥处置，限制畜禽养殖规模，畜禽粪污资源再利用；一场净土清废行动，全面摸清土壤污染状况。化肥、农药使用零增长，废弃农膜回收利用，降低农产品超标风险……太多太多的事情要做。

"湿地和生态修复 8383 亩，生态岸线修复 38.4 公里……"无人机记录下了这一切。

面对着大理的秀丽山水，我们不禁感叹：恢复生态岸线真不是一句简单的话语。构建湖泊生态屏障，也绝不是一句轻描淡写的口号。

给洱海留下休养生息的空间，才是生态环保人的大爱。

一个梨园村　一个新传奇

在洱源停留，鱼塘遍布，荷叶吐绿；水光潋滟，阡陌相连。水清，岸绿，景美。画面感人又难以言表。

我们出发前往梨园村，小路两旁梨树林立，我尝试着边走边数树上的梨子，可哪数得过来。那些500岁左右的古梨树大约有7000多棵。路上，那些飘落的树叶，都透着原生态的美。树身的岁月沧桑，丝毫不影响今天的枝繁叶茂。

徜徉其间，顿感心旷神怡。

每年，洱源都要举办各种各样的全民参与行动，参加者无不积极踊跃。

在梨园村地势最低的西南角，新建有一座污水处理站，据说每天处理250立方米的污水，采用的是硅藻精土处理工艺，出水水质能达到一级水质目标。

"具体是什么概念呢？"

"按游客增长速度核算，可以满足梨园村30年的发展需求。"

我们来时经过的茈碧湖，其实也是采取了许多生态治理保护措施后才得以保留如此美景的。

鱼塘塘底清淤、水生植物、中水回用、高位蓄水池、果园、植被，都像一个个吐污纳垢的大胸腔，竟不让一滴污水进入茈碧湖。怎么做到的？

梨园村有100多户，不足500人，却在山水相连的地方给自己营造了世外桃源的风光。除了小环境，大环境下的治理保护又有着怎样的故事？

农文旅模式，或者说农、文、旅融合的一种形式，很适合梨园村。古建再利用，通过修缮与整治建筑风貌，改造更新建筑功能，植入多元业态和理念，提升古建利用效益，形成"以用促保"的建设模式。

走进那家叫作"茈碧草堂"的院落，望着大门右墙壁上方与屋檐连接处，只见门前的那棵古树已将自己的枝干融进屋檐建筑里，自然天成的样子让人喝彩。立时对这院落的主人刮目相看。

主人来自北京，却甘愿舍弃都市生活，一年中有多半年在草堂居住。主人大概率读过四川状元杨升庵泛舟茈碧湖时写下的诗句："远梦似曾经此地，游子恍疑归故乡。"

草堂比我们想象的要大得多，曲径通幽不说，还极具当地特色，间或还将现代装饰风格糅合进茶室、书房以及休闲区域，既传承古人的生活气息，又满足现代人的生活习惯。

主人的理念被当地政府和当地村民认可，因为他有着虔诚的小心思：尽绵薄之力将民族的东西与人共享。

比如彝族音乐、白族音乐、地理洞经古乐、汉服体验、草堂咖啡、草堂茶艺……他把向往的生活变成了草堂的一路一墙、一桥一廊、一厅一室、一桌一椅，那原本的实墙被透明的玻璃替代，那原本长在院子里的古梨树依然结着果实。

而梨园村和茈碧湖给予他的是古法梨膏的做法，是民族婚礼的喜庆，是村民的爱护和包容，是山头吐月的景致，是清风朗月般的笑容……

"一切始于心，而终于心。"山水养心。

梨园村也好，茈碧草堂也罢，依托优美的自然生态环境，保持、维护好了村落自然格局。

"改善与协调梨园村的风貌肌理，提升茈碧湖自然环境品质，构建山水村筑融合的人居关系。"这，就是洱源人为之奋斗的动力吧。

华 静　笔名丹琨。高级编辑，作家，诗人。获"第八届冰心散文奖"。2016年度全国新闻出版行业领军人才。出版诗集《有梦在前头》《那只安抚我灵魂的手》《给相遇多一点时间》，散文随笔集《给心找个家》《送给自己的玫瑰花》《旧铁路上的寻觅》，报告文学集《梦里梧桐》。著有短篇小说《夕阳船》《请叫我元琪》等。出版有《华静文丛》（三卷）。

洱海之源

◆ 李开毅

　　洱源的河流和苍山十八溪的水，源源不断地流入，孕育了碧波荡漾的高原明珠——洱海。

　　为探访洱海水源地的生态建设，2022 年 9 月，我随"大地文心"生态文学作家采风团走进"高原水乡"洱源县。

　　一条条河流，一湖湖碧水，勾勒出洱源河流如织、湖泊棋布的地理面貌。地处云南省西北部、大理白族自治州北部的洱源，拥有茈碧湖、海西海、西湖、东湖等多个湖泊，大小支流 560 条，汇入弥苴河、永安江、罗时江后，呈"川"字形由北向南注入洱海，占洱海平均径流量的 60% 左右。

　　最早发现洱源湖泊之美并用文字记下来的，应该是徐霞客。明崇祯十二年农历二月十八日，52 岁的徐霞客来到边陲之地洱源，为"平湖浩然"的洱源所打动，依依不舍地逗留了22 天，他为游记中所记述的"湖中渔舫泛泛，茸草新蒲，点琼飞翠，有不尽苍茫、无边潋滟之意"的茈碧湖所陶醉，慨叹"又西子之所不能及也"，为洱源的湖泊留下了珍贵的文字。

我们此行从右所坝一条河边开始，去看陌生的弥苴河。天气有些炎热，当沿着小路走进古树参天、绿荫覆盖的幽深长堤时，宛如进入一个古树构筑的高深宫殿，我一下便觉得凉了，很是惬意。一棵棵苍劲挺拔、枝繁叶茂的古树，沿长堤两岸延伸进河流的深处，像两条巨大的手臂呵护着这条巨龙向洱海缓缓游去。

当地人介绍，这条自唐代以来开始修筑的河堤，已有1300多年历史，河两岸分布着总长为12.27公里的古树群落，是洱源最大的人工种植古树群。

这条以滇合欢、黄连木为主的古树河堤防护林，历经几百年的保护，形成了乔木、灌木、地被植物和地表、地下稳定的立体生物群落。它不仅固堤保水，也是人们消暑纳凉的好去处。每逢春夏，这里游人如织，人声鼎沸，形成了"古堤春晓"的独特美景。

这里，每一棵古树都像一位受人敬重的老者，得到悉心的保护，挂着自己的"身份证"——洱源县古树名木保护牌，清晰地标识着树的学名、科属、拉丁名和二维码，并有郑重的落款：洱源县绿化委员会、右所镇人民政府。古树统计目录，如数家珍，字字清晰：百年以上古树有3177株、800年以上的19株，500年至600年的有278株，其中苦楝54株、滇朴27株、流苏2株……可见，洱源对古树细致入微的爱护。

在历史上，洱源就有种树爱树的传统，自唐初筑河堤至今，历代官民，谨防不殆，对树木保护有加。明代的《重修邓川州志》记载"明万历年间，广植榆柳，禁止砍伐"。从明朝开始，官员卸任时，还要"辞官交树"，审计所管树木是否减少。这种"辞官交树"的良好传统，传承至今。

右所镇镇党委书记杨翱对我说，现在，县里仍然实行"辞官交树"制度，乡镇主要领导不仅要管理好原有树木，还要组织植树造林，只能增加，不能减少；离职时，由县委领导负责"监交"，县林草局、县生态环境部门及6个乡镇党政主要领导参与监督"交树"。现在，县内右所、邓川、茈碧湖、凤羽、三营、牛街6个乡镇都实行这种制度。杨翱管理着右所镇的3048株古树，尽职尽力，精心管护，从不敢掉以轻心。

近年来，保护洱海、保护洱源水源地的行动日渐激越，洱源将弥苴河周边50米至100米的田地流转出来，建立生态隔离带，修复生态，建立弥苴河管护制度，聘请20多名河管员，定期清理垃圾管护河道，使弥苴河的水质从Ⅲ类水提升至现在的Ⅱ类水。当地百姓说，河水，一天比一天清了。

看完弥苴河，我们来到洱海的主要源头茈碧湖。

茈碧湖是一个因生长茈碧花而得名的高原湖泊，美丽而圣洁，当地人称她为"母亲湖"，面积8.46平方公里，储水量2200万立方米，湖岸线总长17公里。茈碧湖北有弥茨河，南有凤羽河，还有凤河和潜流源源汇入，水源充沛，水质洁净。

阳光明丽，碧水蓝天，站在湖畔望去，茈碧湖澄净清澈，开阔辽远；我们乘船向湖对岸隐藏在一片山坳中的梨园村驶去，习习秋风吹来，不觉神清气爽，天高云淡。

船靠岸停下时，我见到船右侧水底，忽然窜出三四条青色的小鱼，显然它们受到惊扰了，停顿了一下，似乎在打量我，又箭一般射进绿色的水草中藏起来，水底轻轻搅动起一片细沙，一会又好奇地游出来玩，很可爱。

"洱源净、洱海清、大理兴"。作为洱海的源头，洱源树立源头意识，在一个"净"字上做文章，担当起源头治理的责任，持续打好"蓝天、碧水、净土"三大保卫战。

近些年来，当地累计投入洱海保护治理资金 70 多亿元，逐步构建起七大保护治理体系，通过污染防治、保水质防蓝藻、洱海流域转型发展，发展生态农业和生态旅游，加强生态屏障建设，生态文明建设取得有目共睹的成果。

"不让一滴污水进入茈碧湖。"这是洱源立下的誓言，更是保护茈碧湖的行动。洱源把全县流域作为一个生态体系进行治理。采取自然修复与工程恢复相结合的方式，推进生态修复，在全县范围内沿河、沿湖周边地区恢复和建成生态湿地共2.47 万亩、生态隔离带 1.39 万亩，生态截污沟 104 公里、串珠式多塘 193 个、库塘湿地 500 亩，每年推行绿色生态种植17 万亩，为当地的湖泊和河流建立了一道坚实的生态壁垒。

如今，茈碧湖、海西海、三岔河水库常年保持 II 类以上水质，茈碧湖澄净如镜，清澈亮丽，被云南省和大理州评为"美丽湖泊"。洱源每年向洱海直补清水 5000 万立方米，构建起河畅水清的清水入湖体系，洱海国控断面水质连续 7 年保持为"优"。

　　沿着蜿蜒的小路，我们进入梨树繁茂、犹如迷宫的梨园村。一大片饱经数百年风雨，却郁郁葱葱、生机盎然的老梨树，撑起了一片绿色的天空，树上挂满了成熟的梨，坠落地上的梨散发出酸甜的果香；树荫浓密的梨园，淹没了人群，淹没了林中白墙青瓦的农舍，人走在林中，只闻其声，不见人影，幽静而安详。一如现在人们称呼的"世外梨园"。

　　梨园村坐北朝南，东、北、西三面环山，南临茈碧湖，是一个只有118户、474人的典型白族村落，梨园与庭院相依相偎，融为一体，农舍家家都在廊下挂了红的辣椒、黄的苞谷，院里鸡不惊，狗不吠，种有香橼，清香四溢，一派安宁静谧。

　　世世代代，梨园村都订立有乡规民约，不准损害或砍伐树木，不许在梨树林周围开垦土地。这些措施较好地保护了祖先留下的宝贵遗产。现在，梨园村500年以上的古梨树就有7480株。

　　可是梨园村过去养鱼比较粗放，把猪粪、鸡粪倒进鱼塘，以增加浮游生物，降低养鱼成本，鱼塘的水往茈碧湖里排放，污染了湖水。为了保护茈碧湖，梨园村将鱼塘改造为水草繁茂、鲜花盛开、水质清净的湿地和池塘，科学搭配水生植物，有效地净化了水质，使整个梨园村成了一个山水林园。

　　2017年3月，当地启动投资1480万元的污水收集处理回用项目，建成4000多米纵横交错的管网通道，从整个村子、每家每户，到厨房、厕所、厩房，不留一个死角，收集废水进行集中处理，然后通过泵站提升到 67 米高处的蓄水池，用于浇灌村北侧 230 亩干旱果园和 300 多亩环村面山植被，既中水利用，变废为宝，又修复了生态，真正做到了不让一滴污水进入茈碧湖。

而今，梨园村已是远近闻名的生态旅游目的地，每年三月满村的梨花盛开时，成了一个洁白的世界，游客纷至沓来，欣赏缤纷的梨花，感受梨园村的生态之美。村民的生产生活方式和生态观念也发生了改变，办起了农家乐、民宿，吃上了"旅游饭"，村民的生活富足、文明、祥和。

告别梨园村，即将上船时，我看见，茈碧湖中的一片荷花盛开了，灿烂的阳光下，一片片宛如水洗过的绿叶，簇拥着一支支挺立的荷花，格外耀眼；她们是那样的干净、那样的红艳、那样的圣洁，静静地呈现着生命之美。我久久地看着，有些流连忘返。

李开毅 又名李开义，中国作家协会会员、云南省作家协会副主席。主要从事诗歌、散文、文学评论和报告文学创作。长篇报告文学《1988·云南大地震》获首届云南省文艺创作基金奖，散文集《彼岸的目光》获第四届云南省文艺创作基金奖，出版散文集《云南记忆》、纪实作品《云之南——云南文艺发展纪实》等书籍。组织主办"云南日报文学奖"，获云南省宣传文化系统首届"四个一批"人才等称号。

一朵茈碧花引领着我

◆ 叶多多

穿过喧闹的城市和长长的铁轨来到洱源，呼吸着干净新鲜的空气，静静地感受着大地上的四季轮回，人很容易就迷失在满眼的风光里。

在洱源，我一次次把目光投向草海湿地，投向茈碧湖水面，去寻找一种正午绽放、下午闭合的神秘花朵，一种被视为水生态环境"晴雨表"的水生花卉——茈碧花。

目光所及，我看见了大片的荷花，看见了弥漫的睡莲，看见了洁白的海菜花，却唯独难觅茈碧花的身影。心心念念，不免遗憾。

登船穿行在茈碧湖上。水天一色，时有白鹭翩翩飞过水面，清远悠然。

茈碧湖又名宁湖，位于云南省大理州洱源县的东北部，湖水来自南北两边的凤羽河、弥茨河，以及潜流的汇入，是洱海的重要源头。

我们要去的地方——梨园村是一个白族古村落，距今已有

500多年历史。村中及周围种植着与村庄同龄的古梨树7000多株，人们习惯称之为"世外梨园"。村庄三面被绿色的群山环绕，一面朝向茈碧湖。原先村民出行仅靠小木船渡过茈碧湖，如今除了水路，山脚下的一条公路很容易就让村庄与外面的世界连在了一起。

离船上岸，沿着小路往村中走去。草木清香，野花恣肆，梨子、木瓜挂满枝头，不时有鸟儿从老梨树梢掠过。村中有100多户人家，阳光、流水、白墙青瓦，镶嵌在时光里。浩荡的梨园，传统的院落，波澜不惊的日子，古朴祥和，犹如一册线装书，需要耐心安静地阅读。

不同的生态环境，造就了植物不同的命运与细节，走在梨园村中，我心里有一个挥之不去的疑问：这里大量种植的为什么偏偏是梨树，而不是核桃树、板栗树、杏子树等其他树呢？

同行的洱源朋友告诉我，梨园村原先叫"大河头"，形成于明嘉靖年间。当时，随着土司制度的分崩离析，邓川土知州家族中的阿迁乔带着两个儿子及部分族人，来到茈碧湖畔的山谷开垦荒地，同时广植梨树，这群背井离乡的人选择种植梨树，以梨的谐音，铭记离别故土家园的滋味。

几百年的时间里，老梨树虬枝盘曲，活在时间赋予的底色里，带着曾经的风华与荣光，带着人间烟火，伫立在茈碧湖畔，伫立在小村深处。它们无一例外地肌肤粗糙，骨骼沧桑，不少树洞还成了蚁类的城堡，而高大的树冠则成了鸟儿的家园。有风带着响亮的呼哨声穿林而过，辽远绵长。

漫步村中，老梨树根下铺展着一层自然成熟落下的果子，散发出淡淡的果味，这种弥漫了几百年的果子清香，今天依然新鲜、纯粹。老梨树静静地站在那里，梨子年复一年地从苍老的身子里长出来，然后又静静地坠落在地上，日子就这样过去了。在日新月异的今天，老梨树的果子逐渐没有了市场，但它的身影却成了一种象征、一种景观。

我俯身随意捡起一只梨子握在手中，温润的感觉犹如彼此暗暗喜欢了很多年。

由此想到，活在梨园村的梨子是有福的，可以自由地存在，坠落，消失，完成生命的轮回，走过整个季节，全然无须理会褒贬，我以为，这样的生命逼近了完美。

我特别注意到一段树干有着巨大蚁巢的老梨树，垂下的一根枝条上挂满了金黄色的梨果。仰着头数不过来，便用相机拍下来——细数，竟然挂着80多个果子。我相信它们丰饶的存在，见证了植物生命史上的奇迹。

在村中的一片空地上，我看见三匹马，它们有着光滑的皮毛和悠然的神态，是村民的伙伴，也是家中的主要劳力，负责驮运肥料与收成，当城市化大潮汹涌来临的时候，它们的存在是如此珍贵。

生存是具体的，种植、搬运、收割、饲养，这些日常生活中基础的元素，对于村民来说，是每个季节最重要的事情。注视着眼前阳光下静默不语的土地、村庄、老梨树，我选择了记住它们的身影，我不认为这就是诗意，我只是以致敬的姿态，记录下了一种肉眼可见的农耕生活方式与生存智慧。

前些年，村民们靠着几分水田获得口粮，再种点苞谷，养几只鸡、几头猪，年轻人外出打打工，日子也就延续下去了。近年来，随着人口的增加，有限的水田很难养活更多的人，传统的生活方式受到了极大的挑战。于是，在政府的帮扶引导下，脑子活络的人率先开起了农家乐，仅仅几年工夫，梨园村便脱胎换骨成了闻名遐迩的"网红"打卡地。发展必然会伴随着阵痛，环境污染的压力不可避免地摆在了所有人的面前。

优美的自然与生态环境来自人的努力与付出，梨园村出台了一系列整治措施，污水全收集、深度净化，从先前的村规民约到如今的环境综合治理，都指向一个明确的目标——不让一滴污水流进茈碧湖。

林间小路上，不时走过一两个安静的村人，擦肩而过，相视笑笑。

随意走进一户小院。窗框、房檐、背篓，眼前的一切对于我来说都是新鲜的。从木格的小窗望出去，依然是成片的梨树，沧桑的树干上依然挂满了鲜活的果实，美得让人有些瞠目结舌。院子里种的自然也是梨树居多，活了几百年的梨树枝条，蔓出院墙，定格成一幅油画。

尽管生机勃勃的老梨树让人流连忘返，我却始终记得茈碧花，我来到这里，就是为了赶赴一场轰轰烈烈的遇见。

来洱源之前我得知，茈碧花是一种珍稀的多年生草本水生花卉，属第三纪孑遗植物，每年四月份开花，八九月份迎来盛花期。又见清代《云南通志》记载："茈碧花产浪穹县（今洱源县）宁湖中，似莲而小，叶如荷钱，茎长六七丈，气清芬，采而烹之，味美于蓴菜。八月花开满湖，湖名茈碧以此。"

由于对生长环境要求苛刻，曾经开满茈碧湖的茈碧花一度濒临灭绝。去年，植物专家在苍山的高山湿地里找到了原生茈碧花，为保护和繁衍带来了新的希望。其实，找到原生茈碧花的不仅有专家，也有关爱生态环境的人们，近年来，就有梨园村人自发地把茈碧花引种到家里，以传统的保护方式，迎接它的再次归来。

我们造访的这户农家是个套院，苔色的院子里布置有古朴的茶室、古琴，山野之间有此雅舍，一行人把盏吃茶，抚琴听风，顿生意趣。我独自穿过种着梨树的前院，来到植着青竹的后院。但见一池清水之上，荡漾着一片绿色的水生植物，心形的叶片之上，点缀着几朵素色小花。眼前一亮，知是遇上了茈碧花，心底便涌起了盈盈在握的欣喜与共鸣。

移步池边细看，顿觉此花果然静若素心。然而，对于我来说，描述茈碧花是件难事，言它如雪似玉，言它庄重素雅，其实都不准确，都不免俗套。也许，这不过是一种被洁净所笼罩的生命本色，携带着大地上最久远的气息，于绚烂之巅，归于平淡。

　　我因此更愿意透过苤碧花的生存与生命，重新建构自己对环境、生态、山川河流的认知与审视。时光的静美、生存的厚重，通过生态环境传递出来，生生不息。

叶多多　中国作家协会会员，出版有《我的心在高原》《边地书》《澜沧拉祜女子日常生活》《风情四方》《银饰的马鞍》《在明亮的山冈上》《唐卡之书》等多部散文、小说、报告文学集，作品被翻译成英文、西班牙文、俄文发行。获"第十届全国少数民族文学创作骏马奖""第六届《北京文学》奖""徐迟报告文学奖""云南省文学艺术创作奖励基金一等奖""云南少数民族文学创作精品奖"等，受邀出席墨西哥、智利、阿根廷、古巴等多个国际文学节并讲座，获第八届迈阿密国际电影节最佳导演奖，荣膺昆明市"四个一批"人才。

为海菜花正名

◆ 闻冰轮

苍山是阿哥，洱海是阿妹。天高云淡的日子里，我跟随由生态环境部、中国作家协会主办，中国环境报社、云南省生态环境厅承办的"大地文心"生态文学作家采风活动来到大理，立刻被迷人的湖光山色、优美的自然生态俘获。

大家兴致盎然上苍山，下洱海，游生态长廊，看湿地，进农家，青山绿水的生态既迷眼又养心。我沉浸于苍洱之间，把山川的美丽、人民的美好，以图片、文字记录下来，使其成为我人生的永久记忆。此次采风，让我真正感受到了保护生态环境的重要性，也进一步深刻领悟了"绿水青山就是金山银山"这一朴素而深邃的理念。

作为一名写作者，"看见"的重要性不言而喻。"看见"不是眼睛看到，而是心灵发现。这次大理之行，我庆幸自己是"看见"的。而在好多好多的"看见"中，印象最深的，是一种既美丽无比又娇嫩柔弱的植物——人们叫它海菜花。

然而，当地菜谱上，以它为原材料的菜名刺痛了我的眼睛——"水性杨花"。

这是怎样的一道菜，为何会得如此污名？

待菜品上桌，才知是素炒海菜花。

老板特意强调，这是刚从洱海打捞上来的。的确，它看上去很新鲜，清清雅雅，爽爽嫩嫩，不失为素菜中的上品。要在平日，我的第一箸定是向它而去。而今天，我却难以下箸。不是厨师手艺欠佳，而是我的内心严重不适。

一切，都因了"水性杨花"这个菜名。作为一名女作家，我内心固执地以为，这菜名，是对女性的冒犯。

大理有"风花雪月"四大美，但从那一刻起，我不再关心什么下关风、苍山雪，也不关心洱海月，我更关心花，且只关心大理花中之一：海菜花。

洱海并不是海，它是云南九大高原湖泊之一，是大理人民的母亲湖。然而，海菜花不只洱海有，大理但凡有湖的地方，都有海菜花生长。作为一种水生植物，它长年生长在水中，活得特别自在——根伸成茎，茎又伸成藤，藤上生化出独片如鹅掌的阔叶。黄蕊白瓣的小花在水里绽放开浅浅笑靥，既内敛又美丽，像邻家女孩的小清新。叶，翠绿晶莹；茎，柔韧摇曳；花，清香怡人。

此刻正值夏秋之交，海菜花上已结出瓜形肉质的菜果。我是如此喜爱它，喜爱它呈现的一切。

向导告诉我，大理人都喜欢海菜花，特别是生活在洱海边的白族人。它不仅是美味可口的菜蔬，还兼具软坚散结、化痰清积、解毒消肿的药用价值。最关键的一点，它是"水质风向标"。但凡有海菜花生长的水域，一定是品质优良、清洁干净的水。他还告诉我，洱海里也不是一直都有海菜花的，有些年根本觅不到它的踪影。他说的那许多年，我从一位白族大哥老何那里知道，是20世纪90年代至21世纪初的那些年。

五十有四的老何，眼角和眉宇间都有了深深的皱纹。他是洱海保护治理历程的见证者、参与者和受益者。他心中一直存有一个海菜花情结，海菜花和洱海，就是他的美丽乡愁。

作为世代生活在洱海边的白族人，老何和他的乡亲们一样，过着靠山吃山、靠水吃水的生活。小时候，在洱海里游泳和嬉戏，渴了，就捧起洱海水喝一口，饿了，就在水里摘一把海菜花，捡一箩螺蛳带回家，于是桌上就有了一道海菜芋头加炒螺蛳的晚餐。

当他从儿童变成嘴唇上有胡须的青年，从一个戏水顽童变成一个靠捕鱼养家的汉子，洱海却突然"生病"了。湖面爆发蓝藻，海菜花如同遇到了强盗的弱女子，忽然不见了踪迹。老何固执地认为，它们被蓝藻吓着了，统统躲起来了。他像个痴心汉那样等啊等，今年等明年，明年等后年……青春都过去了，也没等到"金花"一样的海菜花摇曳着出现在眼前。

为了治理洱海，政府部门刮骨疗伤、痛下决心，下令取消网箱养鱼，取消机动船，并实施"退耕还林、退塘还湖、退房还湿地"的"三退三还"政策，洱海的水才一天比一天清。

尤其是，2015年，习近平总书记来到老何居住的古生村考察，望着"苍山不墨千秋画，洱海无弦万古琴"的美景，殷殷嘱托"一定要把洱海保护好"。大理白族自治州各级领导牢记嘱托，洱海的保护工作更上一层楼。

污水管网建设起来了，湿地修复行动起来了，尤其是长达129公里的洱海生态廊道的规划建设，让洱海之滨多了一件与自然景观、人文风情融为一体、浑然天成的生态艺术品，无数游客可以尽享"湖进人退"和充满"自然、生态、野趣、文化、智慧"的洱海风光。

看着洱海的水一天比一天清澈，海菜花一天比一天增多，老何的心里别提多高兴了。

他积极参与到打造生态农业、促进乡村振兴的建设中，还当上了古生村有机水稻种植的片区长，每月能领到5000多元工资。老何的儿子也成了一名保护洱海的"卫兵"，担任古生村截污管网网络化排查管理员。

老何的日子过得一天比一天好，收入一年比一年高，舒心极了。

谈到海菜花入菜，老何将素炒海菜花取名为"炒翡翠花"。我对他充满了敬意，我想老何一定也像我一样，不愿把心爱的海菜花叫作"水性杨花"。海菜花从来都是高洁素雅的，它虽然无根可栖，漂泊无着，也必须要在一汪清水中，容不得半点污染与浑浊。它宁可死亡，宁可绝迹于世，也绝不同流合污。

这样的品质，何其高贵。

　　海菜花，美丽之花，高贵之花，纯洁之花，更是幸福之花。

闻冰轮　独立作家。著有长篇小说《红紫红尘》《三个影子的人》《狼与猫》《黑白之月》，散文集《红河左岸 边城秘语》《非遗绝唱》《云南美食灿灿巡礼》等；电影剧本《梅葛》《畹町桥》，电视剧剧本《毛纺厂的故事》等。作品散见于《中国作家》《芳草》《长城》等刊物。

风里浪花吹又白

◆ 李智红

"风里浪花吹又白，雨中岚影洗还青。"

"江鸥聚处窗前见，林狄啼时枕上听。"

这是晚唐时期大理地区著名诗人、南诏清平官杨奇鲲吟诵大理风光的著名诗句，它形象而传神地描绘了苍山洱海的动静之美，是礼赞洱海自然生态景观的传世佳作。

从秦汉时代便流传下来、数不胜数的关于大理的诗词歌赋中，我们不难看出，苍山洱海的人文之美、生态之美、和谐之美、自然之美，一直广受赞誉和珍爱。

一方水土养一方人，栖居于大理的各族人民，亲仁善邻、兼收并蓄、海纳百川，千百年来一直与苍山洱海共存共荣，与天地万物和谐相处，他们崇信万物有灵，崇尚天人合一、道法自然。而"道法自然"的这个道，就是对自然的崇拜，对生命的敬畏，对天地的感恩，对性灵的守护。

2022年金秋九月，作为一名大理本土作家，我跟随生态环境部、中国作家协会主办，中国环境报社、云南省生态环境厅承办，云南大理白族自治州支持的"大地文心"生态文学作家采风活动走进大理，与远道而来的各位作家进行深度交流，向他们介绍我所认知的大理的生态之美、和谐之美、人文之美、发展之美。

作家们通过实地走访和切身体验，对大理地区各族人民自古以来就秉持的"天人合一""道法自然"的生态意识，"取之有时""用之有节"的生态理念，"兼乎万叶多多物""和谐共生"的生态智慧，有了更深的感受。

大理人的"自然之道"，其实就是宇宙天空，就是日月星辰，就是风雨雷电；就是大地山川，就是江河湖泊，就是藤萝草树；就是珍禽异兽，就是花鸟虫鱼，就是物竞天择；就是永驻人间的"苍山不墨千秋画，洱海无弦万古琴"自然美景。

在我的记忆中，大理的山川、河流、湖泊、森林以及恩泽一切的天空和负载一切的大地，自古以来一直被生活在这块土地上的人们信赖着、感恩着，甚至崇拜着、敬畏着。在这块土地上，不论族别、不论姓氏，人们的血脉里，都有一种天人合一的生态基因在延续，代有传承，生生不息。大理也因此获得了"多元文化与自然和谐发展的典范""文献名邦"等诸多美誉。

在大理人看来，苍山洱海就是一个庞大的，隶属自然之道的"性灵"系统。人们笃信，在大理民间存续了几千年的"性灵"，一半以上居住在苍山茂盛的森林里，陡峭的悬崖上，飘浮的云朵内，幽暗的岩洞中，甚至是居住在一棵树的根部，一朵花的蕊心，一块石头的背面，一根老迈的木头纵横交错的暗纹内部。

溪水中有性灵，龙潭里有性灵，草丛中有性灵，青苔下有性灵，白雪覆盖的黑色峰峦下，更是栖居着数量众多的性灵。

在苍山的"十九峰十八溪"，在洱海的"三岛四洲"，性灵无处不在，性灵始终在场。在大理人"万物有灵"的自然观念里，性灵可以是一朵花，一棵树，一缕雾气，一片云霓。可以是一只乌鸦，一条蟒蛇，一只豺狗，一头麂子。也可以是一只蝴蝶，一条柴虫，一只蟋蟀，一窝挂蜂，抑或泉水中的一簇青苔，林莽里的一片落叶。甚至可以是水清则花盛，水污则花败，被人们形象地称之为"水质试金石""环境晴雨表"的一朵或无数朵洁白无瑕的海菜花。

进入新时代，大理人世代所尊崇的"自然之道"里，又多了一重丰厚的时代内涵，那就是习近平生态文明思想在苍洱大地的落地生根、开花结果。

2015年1月20日上午，那是一个永远值得大理人骄傲和铭记的美好日子。这一天，艳阳高照，天气晴朗。习近平总书记来到洱海边的湾桥镇古生村了解洱海湿地生态保护情况。他和当地干部合影后说："立此存照，过几年再来，希望水更干净清澈。"

从这一天开始，在大理人的"自然之道"里，又多了一重

"绿水青山就是金山银山"的绿色发展之道，"洱海清，大理兴"的可持续发展之道，"像保护眼睛一样保护洱海"的"和美自然"之道。

生态环境保护，关系人民福祉，关乎民族未来。为了让"风里浪花吹又白，雨中岚影洗还青"的自然之美重现人间，让"苍山不墨千秋画，洱海无弦万古琴"的自然美景永驻人间，近年来，大理干部群众牢记嘱托，强化政治担当、责任担当、历史担当，凝心聚力、攻坚克难，开启抢救模式保护、治理洱海，打响蓝天、碧水、净土保卫战，实行最严格的生态环境保护制度，加强生物多样性保护，全州生态环境质量持续改善，绝迹多年的小熊猫、林麝等国家重点保护野生动物重现苍山，消失已久的"水质风向标"海菜花在洱海连片开放。

特别是在洱海精准治理方面，大理白族自治州坚持"系统治湖、科学治湖、依法治湖、全民治湖"，强力推进"七大行动""八大攻坚战"和"六个两年行动"，扎实推进洱海山水项目等工程，洱海水质、水生态、水环境持续改善，实现了从"一湖之治"向"流域之治""生态之治"的根本性转变。昔日"风里浪花吹又白，雨中岚影洗还青"的诗情画意，在洱海之上重现，并成为大理人生活中的"习以为常"。

一个天更蓝、水更清、山更绿、空气更清新、人民更开心的美丽大理，已经呈现在世人的面前。只要大理人的心中一直保存着对大地的尊重，对自然的敬畏，对劳动的热爱，对希望的追求，对幸福的向往，苍山洱海之间荞籽一样散落的村庄，以及"粽子"一样被绿色紧紧包裹的山川大地，就永远不会褪色，永远平安吉祥。

李智红　彝族，云南永平人，中国作家协会会员、中国诗歌学会会员、云南省作家协会理事、云南省作家协会网络文学创作委员会副主任，现任大理白族自治州文联党组成员、三级调研员。出版有《布衣滇西》《西双版纳的美》《花开的声音》等文集10部。

我是流经洱海的一滴水

◆ 杨建宇

　　无论前世，还是今生，抑或是来世，我都是生生不息流经洱海、追逐梦想、放飞希望的一滴水。

　　我在云南省大理白族自治州洱源县洱海源头一个叫茈碧湖的地方出世，承接着喜马拉雅的冰川雪域，承接着青藏高原的余韵，承接着"三江"并流的甘洌，穿过梅里雪山的圣洁，穿过老君山的十八龙潭，穿过剑湖的湖底，从洱源的茈碧湖深处缓缓流出，冰清玉洁，光彩照人。

　　一出世，我就见识了茈碧湖尽头梨园村数百年的古梨树，见识了漫天飘舞的梨花，把个小巧玲珑的白族古村，装点得像世外桃源一般。为了保护脆弱的我，这个村子收集了各家各户的污水，集中处理成为中水后，用来浇灌村里后山的果蔬和庄稼。

　　茈碧湖的名字，来源于湖中特有的茈碧花。茈碧花是一种罕见的水生花卉，主要生长在洱源县的茈碧湖中，因此叫茈碧花，也叫茈碧莲。

这种似莲而小、叶呈心脏形、有碗口大小、碧绿光洁的花，在当地还有一个优美的传说。故事说的是，古时湖边有个美丽善良的白族姑娘出嫁时，舍不得离开自己的父母，流下的眼泪落在湖里，溅出的水花变为茈碧花。因此，当地的人们又把茈碧花叫"辞别花"。

知道了这个故事，我在碧波之上遇见茈碧花的时候，心里平添了几分敬畏。能在这个高原湖泊与之相遇，是我的荣幸。

在茈碧湖，我还见识了传说中的"水花树"。和我一样如约而来的水滴，有不少是随着湖底的气泡，一串接一串地缓缓冒出湖面的。这样的时候，如果阳光明媚，如果角度巧合，那些水泡就会在阳光的折射下，放射出七彩斑斓的颜色，如同一棵彩色的花树一样，旋转上升。这样的景致，只有机缘巧合，才能形成，才会呈现于有缘的世人。

我前往洱海的旅程，就这样从洱源坝子开启。在这里，我见识过了四周山坡上灿若云霞的数万亩梅花花海，它们讲述着冬天的豪情与浪漫，也讲述着梅乡的风情与故事，还有随之形成的特色产业。

在这里，我曾与洱源的"地热国"擦肩而过，与热情四溢的兄弟姐妹打着招呼。在这里，我曾见识过洱源坝子的白族风情和独特民俗，见识过右所坝子的高原水乡泽国，品尝过邓川坝子的牛奶醇香。随着西湖的芦苇、东湖的荷塘，展示了我娇俏的模样。随着明代大旅行家徐霞客走过的弥苴河，我徜徉到沙坪湿地、江尾两岸。

在洱海源头的几个坝子里，我与沿着黑江、罗时江、永安江、苴河、茨河、凤羽河等大小河流欢呼而来的兄弟姐妹一起，分享着茈碧湖、海西海、西湖、东湖、绿玉池等大小湖泊的万般柔情，打量着大大小小的白族村寨，饱览"湖泊湿地相连，村落河流相依，田野沼泽一体"的高原水乡风光。

不知不觉中，走过了洱海源头的"一池琼瑶水，千重翡翠山"，背北面南的我欢呼："洱海——我来了！"

因为，我是流经洱海的一滴水。

那缠绵灵动的洱海"海舌"，带着苍山的问候，迎面扑来；蝴蝶泉伴着田野的花香，走近身旁；红山本主庙的祷告和祈福声，历历在耳；双廊天生营的渔家灯火，成排成串。云南省最大的自然村周城，近万人睦邻而居的村庄，民风淳朴，源远流长……

玉几岛、小普陀、金梭岛，洱海的三岛、四洲、五湖、九曲，到处都有我流连的足迹，到处都藏着我无尽的梦想，到处都留下了我美好的时光。

旅途中，在"风花雪月"的映衬下，我心中装满了洱海的动人传说和沿岸的人文景观，5000 年的文明放射着新时代特有的光芒。有一种叫作"乡愁"的心境，围着洱海悄悄弥漫开来，"苍山不墨千秋画，洱海无弦万古琴"定格为永恒的风景。在古生村李德昌家，白族农家小院飘出的欢声笑语，记载着一个时代的心情。

"海纳百川，有容乃大。"洱海容纳了我，给了我太多的惊喜，给了我太多的传奇，给了我太多的呵护。

在洱海，我和鱼虾对话，和海鸟做伴，听惯了各式各样的鸟语花香。

在洱海，我亲近蓝天白云，亲近每一座村庄，听惯了渔家的歌声，看惯了田园的风光。

在洱海，我与海菜花亲密拥抱。这种只有在清澈的水中，靠光合作用生长的水草，当地人称之为"海菜花"，它是大自然赐予的美食，是水质优良的保障。

在洱海，我与苍山相依为命，海誓山盟，见证了苍山的传奇和云的浪漫。

在洱海的碧水蓝天中，在海印，在小普陀，在洱海东岸，我邂逅了那些来自西伯利亚的红嘴鸥，似精灵，翱翔追击在蓝色的海面上。

"曾经沧海难为水，除却巫山不是云。"当我结束洱海的行程，流经西洱河出水口，汇入发端于滇西横断山中的黑惠江，并入波澜壮阔的澜沧江，再蹚过湄公河，最后奔向宽阔无际的太平洋时，遥望着梦中的家乡，回味着旅途的过往。

当然，我的旅途并非全是欢乐，也经历了许多意想不到的周折和磨难。途中相依为命的那些兄弟姐妹，有的"流落"风尘，有的"患病"在身，有的消沉失落。

也曾遭受白眼和唾弃，也曾遭受不解和中伤，恍若人世间经历的雾霾、沙尘暴、泥石流等灾难。曾几何时，不知道是人们伤害了我们，还是我们伤害了人们，彼此之间显得无可奈何、黯然神伤。

历史留给了人们许多沉重的思考，也留给了人们正本清源的机会。虽然代价高昂，可是善良的人们终于醒悟了，他们又把我们当作亲密无间的朋友，一起面对曾经的沧桑，一起重建清澈的故乡，一起走向美好的希望。

"像保护眼睛一样保护洱海。"这不仅是善良的人们觉醒后的共识，也已经成为每一个热爱洱海的人的自觉行动。正是善良而有担当的人们，把我呵护在心坎上。

我是洱海中的一滴水，我和我的兄弟姐妹又受到精心守候，细心保护。"质本洁来还洁去"，我又成了"集万千宠爱于一身"的那个引人瞩目的新娘。

我是幸运的，洱海是幸运的。人人爱我，我爱人人。人们把我比作母亲，我把人们唤作亲娘。

我是洱海中的一滴水，是万顷碧波中的一朵浪花，也是成长中的一抹泪光。

爱和被爱是一个相互的盟约。我始终和洱海同欢乐，共成长。

在浩瀚的太平洋上空，不经意间，我又升腾成为一片云朵，漂洋过海，又回到青藏高原，又回到横断山中，又回到大理的上空，悄然落下，又成为洱海中的一滴水。

就这样周而复始，来了又去，去了又来，无怨无悔，萦绕在洱海的身旁。

无论前世，还是今生，抑或是来世，我都是流经洱海、依依不舍的一滴水。

杨建宇　云南省南涧县人，现任大理白族自治州文化和旅游局二级调研员。20世纪80年代初期开始文学创作，在州内外报纸杂志公开发表散文、诗歌、小说等400余篇（首），著有文化散文集《不谢的金花》《寻味大理》，大型文化丛书《文化大理》（综合卷）撰稿人。曾策划主编文化类、文学类书籍十余部。大理州文化学者，曾任大理白族自治州作家协会副主席兼秘书长，现任大理白族自治州民间文艺家协会主席、云南省民间文艺家协会理事。

大地文心